Männer ohne Wenn und Aber

Andreas Degkwitz

Männer ohne Wenn und Aber

Bibliografische Information der Deutschen Nationalbibliothek:
Die Deutsche Nationalbibliothek verzeichnet diese Publika-
tion in der Deutschen Nationalbibliografie; detaillierte bibliografische Daten sind im Internet abrufbar über
http://dnb.dnb.de.

Lektorat: Dr. Ragnhild Münch

Herstellung und Verlag: BoD – Books on Demand, Nor-
derstedt

ISBN: 978-3-7597-4993-2

WERNER

In seinem Leben passierte nicht mehr genug, stellte Werner eines Tages fest; er war Mitte 40, hatte eine leitende Funktion in der städtischen Kulturverwaltung, besaß eine geräumige Eigentumswohnung und lebte dort einvernehmlich und unspektakulär mit seiner Freundin Jasmin zusammen. Auf seiner Position verstand es Werner, seine oft marginalen Erfolge im Regelfall gut zu verkaufen und damit Aufsehen zu erregen. Der Perfektionismus, der ihn bis ins Detail seines Handelns prägte, führte sogar zu Bewunderung. Allerdings fand er nur wenig kollegiale Nähe, an der ihm nicht lag, die ihm aber dennoch manchmal fehlte.

Er hatte Kunstgeschichte, Französisch und Spanisch studiert und sein Studium mit großem Erfolg absolviert. Um für eventuelle Managementpositionen die Voraussetzungen zu erfüllen, hatte Werner noch einen MBA an einer angelsächsischen Hochschule gemacht. Er war keine Managerpersönlichkeit. Wäre er das tatsächlich gewesen, hätte er den MBA nicht gebraucht. Aber er war auch nicht der hundertprozentige Schöngeist, der sich tagtäglich nach Kultur und Kunst verzehrte. In der freien Wirtschaft sah er keinen Platz für sich. Doch zu den allein Kulturbeflissenen wollte er auch nicht gehören. Kulturverwaltung mit ihrer Sandwichposition zwischen fachlichem Interesse und Management war ganz offenbar der richtige Ort für ihn.

Aufgrund seiner guten Beziehungen hatte Yasmins Vater ihn bei seinem Einstieg in die Kulturverwaltung unterstützt; dort war Werner zunächst als Referent für Innovation tätig. Der risikoscheue und nicht besonders ideenreiche Werner schien ihm der richtige Partner für seine Tochter in einer Beziehung zu sein, in der beide ihre beruflichen Wege gingen, Kinder kein Thema waren und man sich nach Feierabend in der Wohnung zum Abendessen verabredete, um sich gegenseitig über alltägliche Glücksmomente wie auch Unregelmäßigkeiten auszutauschen. Yasmin war im Marketing beschäftigt; dort kam sie mit ihrer attraktiven Erscheinung und als beredtes Wesen bestens an. Die meiste Zeit ihres Arbeitstages verbrachte sie vor einer Kamera, um ihr Publikum von Drogerieprodukten aller Art zu überzeugen. Ihre Ausbildung als Kommunikationsmanagerin unterstützte sie bei ihren Kampagnen. Die Marketingaktivitäten boten Yasmin eine Bühne, die sie genoss und sehr zu schätzen wusste. Mit immer demselben Auftritt, derselben Frisur, demselben Make-up, demselben Lächeln und derselben Stimme gab sie den Produkten, die sie bewarb, ihr Gesicht, mit dem sie die erwartete Kundschaft Tag für Tag ansprach und zu beglücken schien.

Zu Werners beruflichen Schwerpunkten gehörte die Digitalisierung der Kulturverwaltung und die der Kulturgüter der Stadt sowie innovative Verbreitungsformen der kulturellen Angebote. Während sich die Transformation der Verwaltungsabläufe in digitale Workflows äußerst schwertat, fand Werner bei den Museen und Bibliotheken der Stadt viel Zuspruch für Digitalisierung von Bildern und Büchern, zumal dafür eine finanzielle Förderung zur Verfügung stand, die er mit Mitteln des städtischen Haushalts ermöglicht hatte; das machte ihn stolz und begünstigte seine Karriere. Seit seiner Beförderung zum Abteilungsleiter, die in diesem Zusammenhang stand, gab er sich gern als ein Akteur, der den professionellen Einsatz innovativer Verfahren vorantrieb, ohne dass er viel von Informationstechnik verstand und mit Veränderungen organisatorischer Abläufe genug Erfahrung hatte.

Was die beiden vereinte, war ihre außerordentlich strukturierte Lebensführung, die sie als Voraussetzung für ihren beruflichen Erfolg erkannten: Immer ausgeruht und gut gekleidet, niemals unfrisiert oder zerstreut, unpünktlich nur im

Ausnahmefall und auf jeden Fall immer gut vorbereitet. Unordnung fand bei Jasmin und Werner nur Verachtung und war für sie unerträglich. Minutiös planten sie ihren Alltag, so dass dieser wie am Schnürchen verlief und ein Gefühl von Sicherheit, mehr noch, Geborgenheit bot. Wurden Abläufe gestört, brach Panik aus. Wenn einer von beiden sagte: „Wie immer habe ich …" oder „Jedes Mal bin ich …" und dann folgte: „aber jetzt …", war es zu einer Krise gekommen war. Dann hatten sie oder er etwas verlegt oder sogar verloren, was nun nicht, wie erwartet, zur Verfügung stand, etwas verspätet begonnen oder beendet, so dass der Zeitplan durcheinandergeriet, unachtsam gehandelt oder sogar etwas vergessen, was zu Verunsicherung führte. Meistens waren es kleine, unbedeutende Vorfälle, die zu großer Beunruhigung oder zu Verdruss beitrugen. Zugleich gefielen sich beide in ihrer Eitelkeit, die ihnen aus ihrem Anspruch an Perfektion erwuchs und die sie als absolute Profis, für die sie sich hielten, gerechtfertigt erschien. Den Preis, den sie dafür in ihrem Korsett beachtlicher Kleinlichkeit und mit anmaßender Selbstdarstellung bezahlten, war ihnen nicht zu hoch, aber auch nicht in vollem Umfang bewusst.

FREUNDE

Zufällig hatte Werner im Sommer ein paar Studienkollegen in einem Biergarten getroffen. Das war an einem Freitag, früher Abend; er war auf dem Nachhauseweg vom Büro. Jasmin war an diesem Wochenende auf einer Tagung, die in einem Hotel weit außerhalb von der Stadt stattfand. Nachmittags war sie mit dem Auto dorthin gefahren – bis Sonntagabend. Werner hatte für seinen Nachhauseweg mehr Zeit und deshalb den Umweg durch den Biergarten genommen. Da es ein schöner Sommerabend war, wollte er eine Pause für ein Bier nicht ausschließen. Da sah er seine Freunde an einem Tisch zusammensitzen – ausgelassen und bestens gelaunt. Werner war überrascht, dass er sie hier antraf. Sollte er auf sie zugehen? Doch während er noch überlegte, hatte ihn Mathis schon gesehen und ihm zugerufen:

„Werner, komm zu uns! Wo kommst du denn her?"

Er trat an ihren Tisch und sagte erfreut:

„Euch hier zu treffen, hätte ich nicht für möglich gehalten - eine riesige Überraschung. Ich bin auf dem Nachhauseweg vom Büro und komme in den Biergarten, als sei ich mit Euch verabredet."

Da waren sie alle versammelt, die viel miteinander gemacht hatten, als sie noch studierten und ganz unterschiedliche Wege nach Abschluss des Studiums gingen: Mathis, der Hausarzt, Norbert, der Strafverteidiger, Erwin, der Wirt eines Restaurants, Holger, der Mathematiklehrer, Günther, der Banker, und Christian, der Professor für Sozialwissenschaften; es fehlte nur Werner, Abteilungsleiter in der Kulturverwaltung.

„Um so besser, dass du vorbeikommst", äußerte Erwin, „wir hatten dich zu dieser Zusammenkunft eingeladen. Aber da ist irgendwas schief gegangen."

„In der Tat", gab Werner zurück, „mich hat keine Einladung erreicht. Wahrscheinlich wurde sie an die Adresse meiner Studentenbude geschickt", er lachte.

„Deine Frau wird sie dir vorenthalten haben", meinte Christian, „damit du nicht auf dumme Gedanken kommst."

„Auf mich passt niemand auf", erwiderte Werner, „denn verheiratet bin ich nicht."

„Aber in festen Händen", warf Holger ein, „lass dich nicht ärgern, Werner, der Zufall wollte es ja, dass du uns triffst – immerhin."

„Nimm Platz, wenn du Lust hast, mit uns zusammen zu sein", äußerte Günther, „darf ich dich zur Begrüßung zu einem Bier einladen?"

„Ist das die Entschädigung für die Einladung, die Werner nicht erreicht hat?", fragte Norbert, „das wäre sehr einfühlsam, Günther."

„Die Einladung zu einem Bier nehme ich gern an", sagte Werner und setzte sich, „dass mich die Einladung zu diesem Treffen nicht erreichte, verüble ich keinem von euch. Vielen Dank, Günther!"

„Auch ohne Einladung", schwadronierte Mathis, „bist du genau zum richtigen Zeitpunkt eingetroffen. Wir wollten gerade damit beginnen, uns zu erzählen, wie und wohin wir in den vergangenen Jahren gekommen sind. Geeinigt hatten wir uns, in alphabetischer Reihenfolge vorzugehen. Du hast das Wort, Christian."

Christan war mit Anfang vierzig; er hatte ein rundes Gesicht und trug eine Brille, hinter der blitzende Augen, deren Farbe nicht leicht zu erkennen war, aufmerksam zwinkerten. Von mittelgroßer Gestalt war er, wirkte nicht sportlich, sondern behäbig. Dass er viel saß und sich zu wenig bewegte, gab sein Habitus klar zu erkennen. Im Sommer trug er ein helles T-Shirt, im Winter einen dunklen Rollkragenpullover – stets in Verbindung mit einem schwarzen Jackett und einem seidenen, roten Tuch um den Hals.

„Wie ihr euch sicher erinnert, war ich immer ein Linker", begann Christian seine Ausführungen, „und bin es noch. Politik und Soziologie habe ich studiert. Während meines Studiums habe ich an vielen Demonstrationen zu nahezu allen Politskandalen und Verstößen gegen soziale Gerechtigkeit teilgenommen. Wir haben uns teilweise heftig mit den Ordnungskräften auseinandergesetzt. Aber auch die Polizei war keinesfalls zimperlich. Um zu verstehen, wie sozialer Absturz erfolgt und wohin er führt, habe ich für meine Doktorarbeit eine Erhebung in einem sozialen Brennpunkt vorgenommen. Um nicht nur Statistiken auszuwerten, sondern die soziale Verwahrlosung auch zu erleben, habe ich zeitweise in einem der Hochhäuser dort gelebt. Einschlägige Erfahrungen habe ich in dieser Umgebung gemacht. Mein Aufenthalt hat mich zu einer ganzen Reihe politischer Initiativen ermutigt, die erfolgreich zu Verbesserungen der Situation in sozialen Brennpunkten beitrugen. Deshalb wollte ich meine wissenschaftliche Arbeit fortsetzen und ich entschloss mich zu habilitieren. Ich lebte zunächst in einer Kommune, um neue Erfahrungen im Zusammenleben mit Menschen zu machen, die mir vertraut waren, mit denen eine gemeinsame Wohnung aber ein Experiment war. Ich hatte mehrere Aufenthalte im Ausland – in UK, USA und Israel. Aber auch an Hochschulen hier im Inland war ich viel unterwegs. Vor fünf Jahren übernahm ich die Leitung des sozialwissenschaftlichen Fachbereichs an einer Fachhochschule, die sich weit weg von hier in einer viel kleineren Stadt befand. Dort habe ich sogar eine Ehe gewagt. Sorry, wenn ich mich so gestelzt ausdrücke. Unverheiratet war dort kein Leben möglich. Allerdings war es auch unmöglich, diese Stadt verheiratet zu verlassen. Das zeigte sich, als ich dem Ruf auf den Lehrstuhl an meiner Heimatuniversität folgte, den ich seit zwei Jahren habe. Als ich meine Absicht kundtat, diese Berufung anzunehmen, wurde mir schon am Tag drauf erklärt, dass es mit der Gemeinschaft von Tisch und Bett nun vorbei sei. Wie ein Verräter habe ich mich gefühlt. Aus Sicht meiner Ex sollte das auch so sein – sie blieb in der kleineren Stadt und hat inzwischen einen Versicherungskaufmann geheiratet, der eine Doppelhaushälfte für Büro und Familie besitzt. Ich wohne hier – meistens alleine – in einer Altbauwohnung, die sich im vierten Stock befindet und über drei Zimmer verfügt, nicht weit weg von der Universität. Bisweilen habe ich sehr viel zu tun mit meinen Vorlesungen oder den Korrekturen von Seminararbeiten und Klausuren. Öfter ärgere mich über ein zu knappes Budget und die Bürokratie der Hochschulverwaltung. Doch insgesamt fühle ich mich als akademischer Lehrer und Forscher sehr wohl. Demnächst werde ich mir ein schönes Motorrad kaufen", schloss Christian lächelnd seinen Bericht.

„Die Uni tut dir offenbar gut", bemerkte Mathis, „du genießt dein Leben dort und verstehst, mit der Freiheit umzugehen, die dir deine Alma Mater bietet. Als Arzt habe ich oft mit Menschen zu tun, die das Studium überfordert."

„Trägt mich der Eindruck, dass du als Soziologieprofessor nachholst, was dir als linker Studentenvertreter nicht möglich war?", fragte Günther, „mir könnte das nicht passieren. Aber ich bin ja auch Banker."

Christian schüttelte seinen Kopf und sagte: „Nachholen muss ich nichts. Denn als Student habe ich alles mitgenommen, was ging. So ist es auch jetzt. Die Freiheiten, die ich habe, sind unbezahlbar. Da kann ich nicht widerstehen."

„Hast du als Wirt eines Restaurants solche Freiheiten auch, Erwin?", fragte Mathis, „oder stehst du fortwährend unter

Zwang, den Appetit deiner Gäste zu bedienen? Du bist jetzt dran – erzähle uns von dir."

Mit Erwin war jeder gern zusammen; er hatte ein einnehmendes Wesen, das jeden beglückte, der ihn traf. Er war nicht groß, hatte dunkle Haare und ein sehr freundliches Lächeln, das wie eine Einladung in sein Restaurant wirkte. Erwin hatte gegen den Willen seiner Eltern Philosophie studiert; sie hätten vorgezogen, wenn er gleich nach dem Abitur in ihrem Gasthof tätig geworden wäre. Dass er das Gymnasium besuchte, unterstützten sie; denn so lernte er Englisch, Französisch und Spanisch, was für ihn als künftigem Gastronomen sehr hilfreich war.

„Als mein Vater starb, musste ich mein Studium aufgeben. Denn meine Mutter konnte ich mit dem Gasthof nicht allein lassen. Nun nicht mehr Philosophie studieren zu können, war für mich sehr schmerzhaft. Doch mit der Genuss- und Lebensphilosophie konnte ich manches aufgreifen, was mir im Studium nahegebracht worden war. So habe ich beispielsweise den Aufenthalt in dem Restaurant, zu dem ich den Gasthof umbauen ließ, in einen Kontext gestellt, in dem es um das besondere Speiseerlebnis ging und nicht um das Stillen von Hunger, wie es die Speisekarte meiner Eltern prägte. Meine Gäste sollten sich an einem herausgehobenen Ort heimisch fühlen, ohne für Speisen sehr teuer bezahlen zu müssen. Das sorgt für zahlreiche Gästebeziehungen, was ich lieber sage als Kundenbindung, auch wenn es auf dasselbe hinausläuft. Ich habe dafür zusätzliches Personal eingestellt und das vorhandene entsprechend schulen lassen. Das waren schon allerhand Investitionen, aber sie lohnten sich. Die Anzahl der Gäste im Restaurant hat sich gegenüber den Gästen im Gasthof nach zwei Jahren verdreifacht, obwohl wir die Preise für Speisen immer wieder mal steigern mussten. Mit der Entwicklung bin ich sehr zufrieden. Ich habe mich immer gefreut, wenn einer von euch vorbeikam – das war gar nicht so selten. Aber da fand ich keine Gelegenheit, den Erfolg mit dem Restaurant zu erklären. Mit meinem neuen Küchenteam bin ich im vergangenen Jahr vier Michelin-Sternen nähergekommen – das war ein Tag wie Weihnachten.

Bald nach Abbruch meines Studiums und meiner Rückkehr in den Gasthof habe ich meine langjährige Freundin geheiratet und bin inzwischen Vater zweier Kinder. Manuela, meine Frau, hat mich bei der Überführung des Gasthofes in ein Restaurant mit großem Engagement unterstützt. Ohne sie wäre ich wahrscheinlich nicht dahin gekommen, wo ich jetzt mit ‚vier Sternen' stehe. Dafür bin ich ihr sehr dankbar. Ob ich Freiheiten habe, wie Christian sie als Soziologieprofessor hat? Auf den ersten Blick sieht es möglicherweise danach nicht aus. Der erfolgreiche Betrieb eines eigenen Restaurants, die Verantwortung für Personal, das dort beschäftigt ist, und nicht zuletzt, Vater einer Familie zu sein, bindet Kräfte und schränkt Spielräume ein. Als ich mein Studium aus genannten Gründen abbrechen musste, habe ich das sehr bedauert und konnte mir kaum vorstellen, ein guter Gastwirt zu werden. Das sehe ich heute anders. Ich bin ein unabhängiger Unternehmer, der Verantwortung trägt, aber auch frei entscheiden kann, wohin er sich mit seinem Betrieb bewegen will. Ich bin Vater, der das Erlebnis zweier Kinder hat, und ich lebe in einer erfreulichen Partnerschaft. Ich stehe anders im Leben als Christian und schätze meine Freiheit, die ich mit seiner nicht tauschen will."

„Du bist offenbar äußerst zufrieden", bemerkte Mathis, „obwohl dein Weg in die Gastronomie anfangs nicht freiwillig war."

„Hattest du denn nie Probleme mit Gästen, die nicht bezahlen wollten oder sogar randalierten?" fragte Norbert, „gab es niemals Auseinandersetzungen mit Nachbarn wegen Ruhestörung? Des Öfteren habe ich das bei der Verteidigung von Gastwirten erlebt."

„Mit Gästen, die nicht zahlungsfähig waren oder sich nicht im Griff hatten, bin ich sehr streng verfahren. Das hat sich rasch herumgesprochen, so dass dergleichen nur noch sehr selten geschieht. Komplizierter war es mit Nachbarn, die sich gestört fühlten. Aber diese habe ich bisweilen mit einer Einladung zum Essen beruhigt – dann haben wir uns meist besser verstanden."

„Enthält deine Speisekarte auch vegane Angebote?", wollte Mathis wissen, „hast du einen Schwerpunkt auf regionaler Küche?"

„Gerne biete ich vegane oder vegetarische Mahlzeiten an – das ist heute selbstverständlich", gab Erwin zurück, „einen Schwerpunkt auf regionale Küche hatte ich mal versucht – dieser erwies sich allerdings als recht schwierig. Deshalb habe ich davon abgesehen und eher auf internationale Küche gesetzt; das war erfolgreich."

„Ich bewundere deine Energie und deinen Reichtum an Ideen", äußerte Günther, „wende dich einfach an mich, wenn du mal einen Kredit brauchst – den sage ich dir für deine ‚vier Sterne' zu. Ruf mich an oder sende mir eine Mail – hier hast du sie."

Er reichte Erwin seine Visitenkarte, der die Kontaktdaten zu entnehmen waren.

„Vielen Dank, Günther", antwortete Erwin stolz, „ich weiß das zu schätzen."

„Wärst du lieber Gastwirt als Banker geworden, Günther?", fragte ihn Mathis, „den Eindruck erweckst du bei mir. Erzähle uns, wie es dir als Banker geht und was dich dorthin gebracht hat - du bist dran."

Günther gab sich wie ein Banker, seit er beschlossen hatte, diesen Beruf zu ergreifen und Geld in den Mittelpunkt seines Lebens zu stellen. Diese Entscheidung traf er zu Beginn seines Volkswirtschaftsstudiums, als er sich nur noch im Anzug und mit Krawatte zeigte. Das ließ Günther deutlich eleganter erscheinen, als er – mittelgroß mit zu kurzen Beinen und einem ziemlich gedrungenen Oberkörper – tatsächlich war. Mit seinem glatten, stets gescheitelten Haar, seinem blassen Teint und den kleinen wässrigen Augen machte er einen seriösen Eindruck, aber er wirkte nie sympathisch. Dass er Humor hatte, hätte niemand für möglich gehalten, doch er verstand es, Witze zum Besten zu geben, wie kein anderer. Günthers Vater war Beamter in der Finanzverwaltung der Stadt, seine Mutter Verkäuferin in einem großen Warenhaus; er war der jüngste von vier Geschwistern und der Einzige unter ihnen, der Abitur gemacht und studiert hatte. Sein Interesse galt dem Phänomen „Geld", dessen spielerischen Charakter er schätzte.

„Wie ihr wisst, habe ich eine spezielle Beziehung zu Geld", begann er seine Ausführungen, „oft habt ihr mir zu verstehen gegeben, dass meine Herkunft, die finanziell bescheidene Verhältnisse prägten, diese Beziehung erklärt. Ich kann das nicht ausschließen, aber dass dies die einzige Motivation für mein Interesse am Geld ist, dem stimme ich nicht zu. Geld, wie sein Gewinn und Verlust, haben so viele Erscheinungsformen, dass deren Wandel im Laufe der Epochen schon bemerkenswert ist. Waren es zu früheren Zeiten Münzen, von denen zumindest Gold- und Silbermünzen für sich genommen von Wert waren, wurden es im Zuge der Zeiten Geldscheine und Papiere, die für Geldwerte standen und diese dokumentierten. So viel Vertrauen auf fälschungsresistentes, mit Werten bedrucktes Papier zu setzen, ist schon erstaunlich, nachvollziehbar allerdings auch das Entsetzen, wenn diese Werte ins Rutschen geraten.

Welchen Einflüssen diese Wertpapiere ausgesetzt sind, ist dabei ein eigenes Kapitel. Doch was mich am meisten fasziniert, ist der Wandel abstrakter Werte zu materiellen Werten, der fortwährend geschieht: Mal kostet ein Kilo Bananen zwei oder drei Euro, mal fünf oder sechs. Wer legt den Wert eines Kilo Bananen fest? In Krisenzeiten entwickeln sich Werte von Geldscheinen zu Cent-Beträgen, und es wird plötzlich Gold gekauft. Warum ist der Wert des Goldes meistens stabiler als der von Scheinen? Was kann ich mir mit Gold eigentlich kaufen? Sind Tauschgeschäfte nicht effizienter? Das sind Fragen, die sich noch einfach beantworten lassen. Viele andere Fragen sind deutlich herausforderungsvoller.

In der Tat erscheint der facettenreiche und vielfältige Umgang mit Geld vergleichbar mit einem Spiel, das Gewinner wie auch Verlierer kennt – doch es ist kein Spiel. Dafür sind die Auswirkungen von Gewinnen und Verlusten zu folgenreich. Doch dies einerseits zu erleben und andererseits zu beeinflussen, davon geht für mich bis heute eine eigenartige Faszination aus, die mich darin bestärkte, Banker zu werden, ohne ein Spieler zu sein. Ich laufe allerdings wieder und wieder Gefahr, mich in der Beobachtung der mal hierhin, mal dorthin gelenkten Geldflüsse zu verlieren, so dass ich bisweilen stundenlang vor dem Bildschirm sitze, um die Investments meiner Kunden zu analysieren. Wenn ich sie gut berate, gewinne ich mit; ich kann ich mich nicht beklagen. Denn meine Bilanz ist außerordentlich gut.

Habe ich ein Privatleben? Selbstverständlich habe ich das, aber etwas anders als ihr euch das vorstellt. Denn ich verbringe mein Privatleben nicht in Partnerschaften auf Dauer – ich lebe primär allein. Ein dreistöckiges Haus mit sechs Luxuswohnungen ist mein Besitz; es hat ein Flachdach, ich bewohne vier Zimmer und – vor allem im Sommer – eine große Terrasse. Meine Erfahrungen mit Partnerschaften, die ich mir auf Dauer wünschte, waren enttäuschend. Das begann in der letzten Schulklasse vor dem Abitur und setzte sich im Studium fort, als klar wurde, in welche Richtung ich mich beruflich entwickeln wollte. Offenbar glaubten die Mädels, die sich als meine Partnerinnen gaben, an das viele Geld, das ich angeblich hatte. Als sich diese Annahme als Trugschluss erwies, war es mit der Liebe vorbei – nur enttäuschend, sage ich euch, ich konnte es kaum glauben. Ich ging dann dazu über, dem Thema ‚Geld‘ nicht mehr auszuweichen, sondern es direkt anzusprechen, wenn sich Gelegenheit dafür bot. Abhängig davon, wie dies ankam, führte die Beziehung zu einer Partnerschaft, in der Geld selbstverständlich und nichts Besonderes, auch nichts besonders Erstrebenswertes war. Da der Verlauf von Wertschätzung persönlicher Sympathie der des Geldes glich, dauerten diese Partnerschaften meistens nicht lang. Es ging um Bewegungen aufeinander zu oder voneinander weg in andauerndem Wechsel.

Damit wir uns nicht missverstehen: Mit Prostitution habe ich nichts im Sinn – das lehne ich komplett ab. Denn Prostitution hat im großen Gegensatz zu Geld nichts mit Wertschätzung zu tun. Geld ist eine Form der Wertschätzung. Der Geldbetrag, mit dem ich etwas kaufe, zeigt mir, was mir etwas wert ist, wenn ich den Geldbetrag, den ich verausgabe mit dem, was ich an Geld besitze, in Beziehung setze. Wenn ich ein Auto für 15.000 Euro kaufe, aber diese Summe nur mit Kreditaufnahme oder allem Geld, das ich besitze, bezahlen kann, ist mir das Auto allem Anschein nach viel wert. Im Fall von Prostitution kann man diese Frage auch stellen, die sich allerdings unmittelbar erübrigt. Denn die Frage, was Sex mit einem Menschen wert ist, kann zwar gestellt, doch eine wertschätzende Antwort kann darauf nicht gegeben werden: Jede Antwort ist unter Wert, da Wertschätzung von Prostitution nicht möglich ist.

Wer sehr vermögend ist, dem droht die Wertschätzung dessen, was er kauft, verloren zu gehen. Vor dem Hintergrund großen Geldbesitzes, werden Kaufbeträge meistens als klein empfunden. Der Zusammenhang der Wertschätzung mit dem Vermögen insgesamt ist evident. Wenn Wertschätzung nicht verloren geht, beruht das auf dem Geiz derer, die viel Geld haben und denen immer alles viel zu teuer ist, was sie sich kaufen. In diesem Fall wird das Vermögen nicht als so groß betrachtet, wie es ist, sondern stets als klein empfunden, um nicht zu viel auszugeben. Reichtum und Wertschätzung hängen auch hier zusammen. Doch den meisten Menschen – ob arm, ob reich – ist das nicht bewusst. Der Zusammenhang mit geldwertem Vermögen macht Wertschätzung interessant und plausibel. Habt ihr das gewusst? Habt ihr Fragen zu meinem Leben und meiner Tätigkeit mit Besitz und Geld?"

„Hast du unser Wertschätzungsverhalten schon einer Analyse unterworfen?", fragte Mathis, „oder interessiert dich das nicht?"

„Das interessiert mich sehr. Aber dafür muss ich wissen, wofür ihr welche Geldbeträge ausgebt und was ihr an Geld besitzt."

„Aber das weißt du doch", insistierte Mathis.

Günther winkte ab und sagte dazu nichts.

„Dein familiärer Hintergrund ist nicht im Bankwesen verortet", merkte Holger an, „wie kam es dazu, dass du in die Bankerkreise aufgenommen wurdest, die doch stark auf Tradition bedacht sind? Was kann ich meinen Schülern dazu sagen, wenn sie mich danach fragen?"

„In der Tat haben Banker oft eine Tradition von Bankern in der Familie", gab Günther zurück, „und haben den richtigen Stallgeruch. Solche Voraussetzungen hatte ich nicht. Aber ich habe mich schnell in die Philosophie von Geld, Vermögen und

Wertschätzung hineingedacht und entsprechend handeln können. Das hat mir viel Anerkennung gebracht und meine Karriere gefördert. Die Wertschätzung, die Geld zu erkennen gibt, und die Verhältnismäßigkeit zum jeweils bestehenden Reichtum sind nichts Neues, sind aber auch Bankern nicht immer präsent. Um so besser, wenn daran erinnert wird."

„Vielen Dank!", sagte Mathis, „wir werden dazu sicher noch mehr von dir hören. Jetzt ist Holger dran, der als Mathematiklehrer mit Zahlen zu tun hat, die auch für Geld eine wichtige Rolle spielen – aber nicht für dich, Holger. Du hast das Wort."

Holger war groß und außerordentlich schlank, hatte einen großen Kopf mit einem wuscheligen Haarschopf, große, blaue Augen, eine Hakennase und breite Lippen. Einnehmend wie seine äußere Erscheinung, wirkte Holger sympathisch, da er so herzlich lachen konnte und auch in Konfliktsituationen immer freundliche Worte fand – dies half ihm als Lehrer oft. Neben Mathematik unterrichtete er auch Sport, was bei seiner Körpergröße schon überraschte. Wie als Mathematiklehrer war Holger auch als Sportlehrer sehr beliebt. Sein Studium der Mathematik hatte er mit durchschnittlichem Erfolg abgeschlossen. Doch für eine Bewerbung in der Statistikabteilung einer Versicherung genügte es. Dort war er ein knappes Jahr tätig, empfand seine Arbeit aber als ziemlich langweilig und als zu wenig inspirierend. Seine sportlichen Neigungen konnte er gar nicht ausleben; das schmerzte ihn. Als sich die Stelle eines Mathematiklehrers an einem großen Gymnasium auftat, bewarb er sich mit Erfolg und freute sich, dass er auch als Sportlehrer gefragt war. Bald heiratete er seine Kollegin Rebecca, die Chemie und Physik unterrichtete, und hatte mit ihr nach drei Jahren zwei Kinder und ein Wohnmobil für die vielen Ausflüge, die die Familie unternahm. Doch dann kam es zu einer Katastrophe, die Holgers Leben komplett veränderte …

„Als Lehrer für Mathematik und Sport habe ich mich sehr wohl gefühlt; das war für mich genau richtig – gern bin ich Lehrer. Mit meinen Schülern hatte ich viele schöne Erlebnisse und war auf gute Noten in Mathematik immer sehr stolz; denn das ist keineswegs selbstverständlich. Auch das Familienleben habe ich sehr genossen. Mit Rebecca ging ich eine äußerst harmonische Partnerschaft ein, die zur Gründung einer Familie führte, die ich als glücklich bezeichnen würde. Doch dann machte vor drei Jahren die Nachricht die Runde, das ich auf einer Klassenfahrt, die ich für eine Oberstufenklasse organisiert hatte, deren Klassenlehrer ich war, mit einer Schülerin Sex hatte. War an dieser Mitteilung etwas dran oder wurde mit dieser Botschaft ein Gerücht in die Welt gesetzt? Vielleicht bin ich dieser Schülerin etwas zu nahegekommen, aber geschlafen habe ich mit ihr nicht. Doch eine Mitschülerin meinte, dergleichen mitbekommen zu haben und versuchte, mich zu erpressen; sie wollte eine bessere Note in Mathematik, die ihren Leistungen nicht entsprach. Da ich nicht darauf einging und eine Änderung ihrer Note ablehnte, rächte sie sich mit diesem Gerücht; das hatte unabsehbare Folgen. Ich sah mich in der Situation, mir einen neuen Arbeitsplatz zu suchen, ohne dass mir der Vorwurf des Missbrauchs oder der Nötigung Minderjähriger nachgewiesen werden konnte; auch die angeblich betroffene Schülerin warf mir nichts vor.

Doch der Druck der aufgebrachten Schulöffentlichkeit wurde für mich zu groß, um wie zuvor Mathematik und Sport dort unterrichten zu können. Die Berufsschule in der Stadt suchte händeringend einen Lehrer für Statistik; das war mein Glück. In Ermangelung von Alternativen bekam ich die Stelle und wechselte dorthin. Über das, was an dem Gymnasium geschah, geriet meine Frau Rebecca völlig außer sich. Wahrscheinlich plagten sie vor allem Zweifel, ob ich tatsächlich schuldlos sei.

Sie gab ihre Tätigkeit als Lehrerin auf und zog sich ins Privatleben zurück; gut tat ihr das nicht. Denn sie verfiel in eine schwere Depression; kaum jemanden – auch nicht mich – ließ sie an sich heran. Nach einem guten halben Jahr schien es ihr besser zu gehen. Offenbar hatte sich der Rauch um meinen angeblichen Bruch unserer Ehe gelegt. Ich machte den Vorschlag, in den Osterferien zehn Tage Urlaub auf einem Campingplatz an einem See zu verbringen; dem stimmte sie zu. Die Tage begannen glücklich. Doch als ich am fünften Tag von meinem täglichen Jogging rund um den See etwas verspätet zurückkehrte, traf ich auf Feuerwehr, Krankenwagen und Polizei rund um das Wohnmobil, das vollkommen abgebrannt war. Von Rebecca und den Kindern blieb nichts übrig; sie waren komplett verbrannt. Was war geschehen? Wie mir der Einsatzleiter der Feuerwehr erklärte, war die Gasflasche, die sich im Wohnmobil befand, zur Explosion gebracht worden, der Rebecca und die Kinder zum Opfer fielen; zudem war der Innenraum des Fahrzeugs mit Benzin übergossen worden. Da das Wohnmobil ganz am Rand des Platzes mit großem Abstand zu anderen Campingwagen und Zelten stand, kam es – zum Glück im Unglück – nicht zu weiteren Toten, Verletzten oder Zerstörungen. Aber wer hatte die Gasflasche aufgedreht und in Brand gesetzt? Das konnte doch nur Rebecca gewesen sein, die in ihrer Verzweiflung, wie sie in ihrer Depression zum Ausdruck kam, Selbstmord beging und unsere Kinder mitnahm, um mich allein zurückzulassen. Einen Abschiedsbrief hinterließ sie nicht. Dass sie die Kinder in ihren Selbstmord mitnahm, war die besondere Rache an mir, vermutete ich. Vor einer Katastrophe, mehr noch vor einem Abgrund stand ich; davon erholte ich mich nur langsam Nach acht Wochen Pause nahm ich den Unterricht in der Berufsschule wieder auf, ohne von diesem schweren Schlag tatsächlich geheilt zu sein.

Ich musste ein neues Leben beginnen, mich selbst neu erfinden, eine neue Wohnung beziehen und vieles andere mehr – alles allein, ohne Rebecca und die Kinder. Zuerst verkaufte ich die Doppelhaushälfte, die wir zehn Jahre lang als Familie glücklich bewohnt hatten. Wohin mit den Möbeln, Kleidern, Einrichtungsgegenständen aller Art, Büchern, Spielzeug, Fahrrädern, Stofftieren? Das konnte ich doch nicht mal eben auf den Müll werfen. Dann hätte ich mein Leben entsorgt, das ich bis Mitte Vierzig geführt hatte – das brachte ich nicht fertig. Aber alles behalten konnte ich auch nicht. Deshalb verschenkte ich alles, was ich nicht mehr brauchte, an Kinderheime und Kindergärten, an Obdachlosenasyle und jede Sorte soziale Einrichtungen, wo sie weiter gebraucht wurden. Eine kleine, aber angenehme Zweizimmerwohnung bezog ich, die sich nahe der Berufsschule befand. Ein Jahr verbrachte ich mit meiner Trauer um den Verlust von Rebecca und meiner beiden Kinder. Oft schien mir, damit endlich über den Berg zu sein und wieder Mut gefasst zu haben. Doch dann warfen mich Erinnerungen und die Umstände, die die Katastrophe ausgelöst hatten, wieder nieder – es war ein Auf und Ab. Die Ausschreibung einer Stiftung, die in Entwicklungsländern Aufbau und Fortbestand von Schulen unterstützt, zur Einstellung von Lehrern gleich welcher Fachgebiete brachte mich auf neue Gedanken. Nach erfolgreicher Bewerbung auf die Stelle eines Lehrers mit Schwerpunkt „Rechnen" und „Sport" ließ ich mich beurlauben und verbrachte zwei Jahre in der Kleinstadt eines südostasiatischen Landes. Die gänzlich anderen Bedingungen, dort zu leben, zu wohnen und als Lehrer tätig zu sein, beschäftigten mich intensiv und vermittelten mir einen neuen Blick auf mein Leben. Armut, Blechhütten, Drogen, Hunger, Krankheit, Kriminalität, Slums, Vergewaltigung, Tod, Perspektivlosigkeit und viele weitere Einflüsse, die das Leben der Menschen dort prägten, veranlassten mich, den schweren Verlust, den ich erlitten hatte, anders einzuordnen als ich es bisher tat. Nicht dass ich dabei etwas relativierte. Aber es wurde mir klar, dass die Menschen dort von zumindest vergleichbaren, oft noch härteren Schicksalsschlägen getroffen wurden und meiner nicht der einzige und schlimmste war. Wäre mir das von jemandem hier gesagt worden, hätte ich das als äußerst taktlos empfunden. Da ich dort täglich unmittelbar erlebte, was alles den Menschen geschah, habe ich es verstanden und sogar akzeptiert.

Die größte Überraschung, die ich dort erlebte, war, dass ich Julia dort traf, die Schülerin, die ich – so das Gerücht - missbraucht hatte. Inzwischen hatte sie Abitur gemacht und war im Rahmen ihres Studiums der Sozialwissenschaften mit einem Praktikum unterwegs. Als ich sie das erste Mal in der Grundschule sah, in der ich unterrichtete, konnte ich das kaum glauben. Ließ mich dieser Mensch nicht los? War es mein unausweichliches Los, dass ich ihr in einer kleinen, südostasiatischen Stadt wieder begegnete? Wie sollte ich mich ihr gegenüber verhalten? Nach ein paar Tagen hatte ich mich beruhigt und war zu dem Entschluss gekommen auf sie zuzugehen. Denn würde ich eine Begegnung demonstrativ vermeiden, hätte das entweder als Eingeständnis von Schuld oder als Schuldvorwurf verstanden werden können. Weder für ersteres noch für letzteres gab es einen Grund. Als ich sie wieder in der Schule traf, lud ich sie zum Abendessen ein. Das war ein großes Vergnügen für sie wie für mich, ohne dass wir auf die Gerüchte und ihre Folgen zu sprechen kamen. An diesem Ort, an dem wir uns nach fünf Jahren wieder trafen, war alles das, was an dem Gymnasium hier passiert war, so weit weg, dass es für die Begegnung keine Rolle spielte: Julia und ich bekamen unversehens die Chance, uns gegenseitig kennenzulernen. Das war ein großes Erlebnis. Jetzt denkt ihr wahrscheinlich, dass ich das Glück einer zuckersüßen Romanze am Strand des Südpazifiks genießen durfte. Dem war nicht so. Doch wir sind in Verbindung geblieben und leben tatsächlich zusammen. Allerdings haben wir unseren Lebensmittelpunkt weit weg von hier in eine süddeutsche Stadt verlegt, an die wir uns gewöhnen mussten, aber wo wir uns mittlerweile sehr wohl fühlen."

„Das ist ja unglaublich, was dir als beliebter Mathematik- und Sportlehrer geschehen ist", bemerkte Norbert, „als Jurist ist meine erste Frage, ob du dich an einen kompetenten Rechtsbeistand gewandt hast. Oder hast du darauf verzichtet?"

„Es kam zu keiner Anzeige und zu keinem Prozess. Gerüchte, Unterstellungen, Vorverurteilungen, die Kollegen und Schüler gegen mich erhoben, vertrieben mich von der Schule. Mit dem Versuch, mich juristisch dagegen zu wehren, hätte ich alles nur noch schlimmer gemacht. Geholfen hätte mir das mit Sicherheit nicht."

„Dass du mit Julia heute zusammenlebst, gibt Anlass für die Frage, ob auf der Klassenfahrt damals nicht mehr war, als du wahrhaben wolltest", äußerte Christian, „dass du mit ihr nicht in der Kiste warst, das glaube ich dir. Aber dass du für sie nichts empfunden hast, das nehme ich dir nicht ab."

„Sie war mir sehr sympathisch", gab Holger zur Antwort, „aber deshalb habe ich nichts verbrochen. Alle Anschuldigungen waren gegenstandslos."

„Du hattest Gefühle für Julia; sie war hübsch, liebenswürdig, eine junge, lebenslustige Frau", sagte Christian, „das hat dich angemacht und entging niemandem an dem Gymnasium. Genau dieser Eindruck bestärkte Lehrer und Schüler in ihrem Verdacht und zuallererst deine Frau."

„Vielleicht verhielt sich das auf der Klassenfahrt so", erwiderte Holger „und das hat womöglich für den Erpressungsversuch gereicht. Von Rebecca habe ich mich nicht entfernt – auch emotional nicht. Für sie war der Druck einfach zu groß. Die Begegnung mit Julia in Südostasien war ein Zufall, der wider Erwarten zu einer Lebensgemeinschaft führte."

Christian nickte und sagte nicht mehr dazu.

„Hast du die Phase deiner Trauer über Rebeccas Tod und den deiner Kinder nun überstanden?", wollte Erwin wissen.

„Das wird mich immer begleiten", antwortete Holger, „doch meine Gefühle sind nicht mehr ausschließlich darauf fixiert; ich lebe in einer neuen und ganz anders gearteten Gemeinschaft."

„Erstaunlich, was du uns berichtet hast, Holger", sagte Mathis, „besten Dank für deine Offenheit! Wenn ich das Alphabet noch beherrsche, bin ich jetzt dran. Deshalb erteile ich mir das Wort."

Mathis war mit Ende Vierzig der Älteste im Kreis der Freunde und einer, der viele freundschaftliche Beziehungen hatte und schätzte. Warum auch immer, stand er meistens im Mittelpunkt. Menschen kennenzulernen und zusammenzubringen, war für ihn eine große Freude. Seine Eltern gehörten zum Pflegepersonal im städtischen Krankenhaus. Von daher waren ihm Krankheit und Genesung nicht fremd. Doch in einem Krankenhaus wollte er nicht arbeiten. Die Nacht- und Wochenenddienste, die er von seinen Eltern kannte, gefielen ihm nicht. Von daher präferierte er eine eigene Praxis. Mit seinen großen „Patschpfoten" nahm er die Geschicke seiner Patienten in die Hand. Er war mittelgroß und fand schnell Vertrauen. Denn Mathis war der Auffassung, dass viel zu kurz gesprungen sei, die hausärztliche Versorgung auf medizinische Behandlungen zu beschränken. Vielmehr sehe ein Hausarzt seine Patienten ganzheitlich, begegne ihnen wie ein Freund und gebe ihnen den Halt, den sie zu ihrer Gesundung brauchen. Mathis erfuhr viel von seiner Klientel und gab Hinweise und Rat, wann immer möglich und sinnvoll. Durch seine Hornbrille sah er dabei seine

Patienten mit klugen Augen an und überzeugte sie mit einfühlsamer Stimme. Mathis war ein Mensch, der zu seinen Bekannten, Freunden und Patienten, anders gesagt, zu in der Tat allen stand, die sich ihm anvertrauten.

„Ist Arzt ein schöner Beruf?", fragte er in die Runde, „wer von euch wäre lieber Arzt geworden als das, was tatsächlich aus ihm geworden ist?"

Alle sahen Mathis an, aber niemand ging auf seine Frage ein.

„O.K. ihr Lieben, ich verstehe euch ja. Mein Leben als Hausarzt ist bei weitem nicht so interessant wie das meiner Vorredner. Was ist schon ein Hausarzt, der in geordneten Verhältnissen lebt, gegenüber einem Mathematiklehrer, der sich in eine seiner Schülerinnen verliebt? Aber so langweilig, wie mein Leben euch offenbar vorkommt, ist es nicht."

„Ich habe deine Äußerung zum Mathematiklehrer überhört", sprach Holger.

„Sorry, Holger", äußerte Mathis, „ich wollte dir nicht zu nahe treten."

„Was willst du uns denn erzählen, Mathis?", fragte Günther.

„Ihr vermutet, dass ich als Hausarzt nur Husten, Schnupfen, Magenverstimmung und Heiserkeit therapiere und alles, was darüber hinausgeht, an Fachärzte und Krankenhäuser abgebe. Doch das Elend dieser Welt ist auch für mich als Hausarzt eine Herausforderung, seit eine Gruppe Drogenabhängiger in meine Praxis einbrach, um dort Medikamente zu stehlen, die Rauschzustände herbeiführen können. Die Einbrecher fanden nichts, wurden aber auch nicht gefasst. Ich habe auf diesen Vorfall mit einer Drogensprechstunde reagiert, die bestens besucht wird. Zuvor habe ich selbstverständlich eine Fortbildung gemacht und garantiere dieser Patientengruppe das Arztgeheimnis. Die Konsumenten erwarten von mir, dass ich ihnen Rezepte verschreibe, die ihre Sucht befriedigen; das mache ich nur in Ausnahmefällen. Meine Aufgabe besteht wesentlich darin, die Abhängigen passenden Programmen für Entzugsmaßnahmen zuzuführen. Um dies zu erreichen, muss ich intensiv mit ihnen sprechen und ihre Nöte kennenlernen. Die meisten Drogenabhängigen, die die Sprechstunde aufsuchen, haben den notwendigen Halt für ihr Leben verloren: Sie kommen mit der Schule, ihrem Studium oder im Beruf nicht zurecht und verlieren den Anschluss, der sich ihnen dort grundsätzlich bietet. Jobs in Milieus, die meistens mit Drogenkonsum in Zusammenhang stehen, sichern die Versorgung und bieten ein kleines Einkommen, das billige Unterkunft in einer Wohngemeinschaft ermöglicht. Doch wenn die Umsätze nachlassen oder die Arbeitskraft nicht mehr ausreicht, ist es damit vorbei; und als Wohnung bleibt nur noch die Straße. Eine weitere, große Gruppe an Konsumenten kommt mit ihren Beziehungen oder ihrem sozialen Umfeld nicht klar, zu dem oft auch die Eltern gehören: Sie sind einsam, nicht in der Lage, sich ohne Dope auf Partnerinnen und Partner einzulassen oder sich in Familien oder Freundschaften zu behaupten. Diese Abhängigen leben häufig noch zu Hause, kommen aus besseren Verhältnissen und verdienen oft schon Geld, da sie nach Abschluss einer Ausbildung beruflich tätig sind. Diese und andere Schicksale wurden mir erzählt oder vorgetragen.

Selbst mir war es bisweilen schwer erträglich, sich diese Auswüchse von Verwahrlosung anzuhören und darauf einzugehen. Wussten diese Menschen nichts Besseres, als sich Schritt für Schritt zugrunde zu richten? Fiel ihnen zur Lösung ihrer Probleme nichts Anderes ein, als sich selbst außer Kraft zu setzen? Zum Heulen sage ich euch, was insbesondere junge Menschen mit sich machen. Manchmal werde ich sogar bedroht, was ich mit klugen Reaktionen abwenden kann. Da der Andrang gewaltig zunahm, war ich nicht mehr in der Lage, alle Abhängigen zu behandeln, die sich bei mir meldeten. Erfreuli-

cherweise gelang es mir, drei andere Kollegen für eine Drogensprechstunde zu gewinnen; das entlastete mich und führte zugleich zu einem sehr hilfreichen Erfahrungsaustausch.

Wie sich Schicksalsschläge anfühlen, muss ich mir nicht von
Drogenkonsumenten in der Sprechstunde erklären lassen; das
habe ich selbst erlebt. Im vergangenen Jahr ist mein Sohn tödlich verunglückt, der älteste von drei Geschwistern. Er hatte die
Schule mit einem vorzüglichen Abitur abgeschlossen und gemeinsam mit vier Klassenkameraden, die ebenfalls mit der
Schule fertig waren, im Spätsommer eine Bergtour gemacht. Es
war nicht das erste Mal, dass die Jungs in den Bergen auf Tour
waren; sie hatten durchaus Erfahrung, wurden aber von einem
kräftigen Berggewitter überrascht. Kräftiger Wind und starker
Regen aus tiefhängenden Wolken, die den Pfad über den Grat
in Nebel tauchten und rutschig machten, stellten eine Gefähr-
dung da. Einer heftigen Bö konnte mein Sohn offensichtlich
nicht standhalten; er verlor das Gleichgewicht, fiel zu Boden
und rutschte ab in die Tiefe, ohne sich festhalten zu können.
Nur noch tot konnte er geborgen werden. Meine Frau und ich
konnten das nicht glauben; doch als wir aufgefordert wurden,
ihn in der Gerichtsmedizin zu identifizieren, fehlten uns die
Worte – wir waren der völligen Verzweiflung nah. Furchtbare
Wochen folgten, in denen wir uns mit dem Tod unseres Sohnes
abfinden mussten. Der Schmerz war groß. Weder Tränen noch
Wut konnten helfen. Ob wir uns wiederfänden, diese Frage
stellte ich mir in dieser Phase oft, die eine Zerreißprobe dar-
stellte. Nicht dass wir uns zerstritten hatten, es ging darum,
dass wir uns aufrecht hielten und nicht fallen ließen. Wir beide
waren vom Tod unseres Sohnes außerordentlich angefasst."

„Wie habt ihr es denn geschafft, gemeinsam ins Leben zu-
rückzufinden?", fragte Holger, „das hatte ich mir auch mit Rebecca gewünscht."

„Vor allem haben wir vermieden, uns gegenseitig Vorwürfe zu machen", erklärte Mathis, „dazu kommt es in solchen Situationen rasch. Konflikte, die darauf beruhen, sind kaum mehr zu lösen. Denn dann gibt es Schuld und Verantwortung; davon will niemand mehr weg."

„War dein Sohn der Einzige, der verunglückt ist?", wollte Norbert wissen.

„Nein", antwortete Mathis, „ich hatte vergessen, darauf einzugehen – das tut mir leid. Einer seiner Freunde versuchte ihn festzuhalten, verletzte sich dabei, blieb aber am Leben. Die verbleibenden drei hatten große Probleme, ihn zur nächsten Hütte zu bringen. Mein Sohn aber war nicht mehr zu retten."

„Ich bewundere deine Frau, die den Verlust eures Sohnes offenbar sehr gefasst ertrug", merkte Erwin an, „oder war das nicht so?"

„Ständig in Tränen auszubrechen, bei jeder Erwähnung unseres Sohnes zu weinen, verbat ich mir, das ertrug ich nicht. Daran hat sie sich gehalten. Was geschah, wenn sie allein war, weiß ich nicht. Ich habe mich mit meiner Praxis abgelenkt", gab Mathis zur Antwort, konnte allerdings nicht verbergen, dass ihn das Gespräch bewegte und den schrecklichen Vorfall wieder stark in Erinnerung rief.

„Wenn ich es richtig sehe, bin ich jetzt dran", ergriff Norbert das Wort und sah Mathis an; der nickte, und Norbert fing an.

Norbert war groß, hatte eine Glatze und einen strengen Gesichtsausdruck. Seine bisweilen laute Stimme duldete keinen Widerspruch, zumal er sich auch darin gefiel, seine Auffassungen und Meinungen ausführlicher zu begründen, als andere es üblicherweise taten. Begründet war dies in seinem Anspruch an die Praxis des Rechts und im Bemühen um Gerechtigkeit. Norbert war deshalb bisweilen gefürchtet, überwiegend aber wegen seines großen Einsatzes, für wen oder für was er auch immer eintrat, hochgeschätzt. Glänzende Examen hatte er abgelegt, mit einer ausgezeichneten Arbeit promoviert, bei der es um das Thema der Nutzungsrechte öffentlich verfügbarer Räume ging. Als er vor der Alternative stand, sich zu habilitieren oder als Anwalt sich der Realität zu stellen, entschied er, Strafverteidiger zu werden, da ihn interessierte, inwieweit Recht und Gerechtigkeit zu vereinen waren.

„Kürzlich hatte ich wieder einen Prozess, der das Thema meiner Doktorarbeit aufgriff. In einer Parkanlage hatten sich bis zu zwanzig obdachlose Frauen und Männer zusammengefunden, die den Park als Wohnumgebung für sich in Anspruch nahmen. Die Mehrzahl der Bänke war von den Obdachlosen oder von ihren Utensilien besetzt, so dass für weitere Parkbesucher weniger Bänke übrigblieben. Verschließbare Toilettenräume wurden als Regenschutz oder Schlafplätze genutzt und waren stets so verdreckt, dass sie andere Parkbesucher von einer Nutzung dieser Örtlichkeiten abhielten. Bei schönem Wetter dienten die beiden Spielplätze Obdachlosen abends als Party- oder mittags als Ruhezonen. Für diejenigen, die um den Park herum oder in seiner Nähe wohnten, war der Park stets ein Ort der Entspannung, Familien mit Kindern bot er begehrte Spielmöglichkeiten. Doch mit dem Camp der Obdachlosen, das sich über den Park erstreckte, wurde er den Anwohnern allem Anschein nach entzogen und von denen okkupiert, die als Wohnumgebung nur den öffentlichen Raum der Parkanlage hatten.
Nicht erstaunlich, dass sich Protest rührte, der zu verbalem Streit, aber auch zu manifester Auseinandersetzung führte. Eines Abends setzten Anwohner die Toilettenräume unter Wasser, so dass sie für zwei Nächte nicht benutzbar waren, und warfen Utensilien, die sie auf Bänken und in Einkaufswagen fanden, in einen Müllcontainer. Das führt zu Beschwerden der Obdachlosen. Von beiden Streitparteien wurde ich als Anwalt

angefragt; ich entschied mich für die Anwohner. Beim Prozess war auch das Sozialamt zugegen, das die Obdachlosen vertrat. Da dem Streitgegenstand ein allgemeines Interesse galt, war die Lokalpresse gut präsent. Das Anliegen der Anwohner habe ich so vertreten: Öffentlicher Raum ist allen ungehindert zugänglich; dies trifft auch für diesen Park zu. Wenn Parkbesucher den Versuch unternehmen, den öffentlichen Raum der Parkanlage als Unterkunft oder Wohnumgebung dauerhaft zu beanspruchen, privatisieren sie einen Teil der Parkfläche und nutzen sie – wie die dort verfügbaren Angebote der aufgestellten Bänke, Toiletten, Spielplätze – allein für sich. Erfolgt ein Parkbesuch nicht temporär, sondern wird als Unterkunft verstanden, schränkt dies die Parknutzung weiterer Besucher unter Einschluss der dort verfügbaren Angebote ein. Das ist nicht zulässig. Denn eine Notlage kann zwar erkannt werden, ist aber nicht offiziell bestätigt, so dass private Nutzung der Parkanlage als Wohnumgebung auf Dauer nicht als erlaubt gilt. Hinzu kommt, dass Privatnutzung öffentlichen Raums üblicherweise mit Abgaben oder Gebühren verbunden ist; im Fall der Obdachlosen ist das offenbar kein Thema. Zudem stellt sich die Frage, inwieweit die in der Stadt vorhandenen Unterkünfte den Wohnbedarf der Obdachlosen zu Genüge decken. Doch auch im Fall von zu wenig Unterkünften muss offiziell geklärt werden, ob öffentlicher Raum wie dieser Park als Unterkunft genutzt werden darf. Dergleichen lag nicht vor. Zu der Reaktion der Anwohner, die Toiletten unter Wasser zu setzen und Gegenstände, die auf Parkbänken liegen, in einen Müllcontainer zu befördern, ist zu sagen, dass solche Maßnahmen zur Vertreibung der Obdachlosen nicht akzeptabel sind. Für Notwehr bestand keinerlei Veranlassung. Vielmehr hätte die Polizei angesprochen und zur Klärung des Sachverhaltes aufgefordert werden müssen. Der praktizierten Eigeninitiative fehlte die Grundlage des Gesetzes. Mit dieser Position konnte eine Einigung erreicht werden, die den Obdachlosen die dauerhafte Unterkunft im Park verbot und den Anwohnern weitere Aktivitäten zur Vertreibung untersagte.

Ihr werdet fragen, warum für solche Sachverhalte zunehmend juristische Klärung notwendig ist. Es ist nicht so, dass die Menschen weder Gefühl noch Vorstellung davon haben, was richtig und was falsch ist. Aber die Rechtsprechung muss mehr und mehr komplexe Streitgegenstände aufgreifen und wird nicht einfacher. Der Punkt im vorliegenden Fall ist folgender. Es geht darum, dass Menschen aus einer als bedrohlich empfundenen Situation heraus, die sie unmittelbar betrifft, einen Rechtsanspruch ableiten und in der weiteren Folge Vorkehrungen treffen, um diesen durchzusetzen. Dabei ist von den Obdachlosen wie auch von den Anwohnern übersehen worden, dass ihre Ansprüche, die sie als berechtigt empfinden, nicht von ihnen selbst durchgesetzt werden dürfen. Auf beiden Seiten ist eine Lösung der Probleme ohne Einbeziehung von Behörden oder Polizei nicht möglich. Das Rechtsempfinden stimmt mit der Gesetzeslage nicht überein.

Bleibt der Vorwurf, zu wenig auf die Nöte der Obdachlosen einzugehen und ihr Schicksal zu ignorieren. Ja, das trifft wohl zu, wenn die Situation der Obdachlosen und ihr Verhalten allein unter sozialen Aspekten betrachtet werden, die rechtlich eine Rolle spielen, wenn beispielsweise das Sozialamt Unterkunft im Park offiziell zulässt. Doch das war nicht der Fall. Auch die Anwohner hätten solcherlei Gründe geltend machen können, haben sie aber nicht gemacht. Soziale Aspekte können nachgelagert behandelt werden. Im Zusammenhang mit den Beschwerden hat allerdings die Gesetzeslage zunächst den Vorzug. Habt ihr Fragen?"

Keiner ging auf Norberts Frage und seine Ausführungen ein.

„Wieder einmal hast du uns mit deiner Kompetenz überwältigt", merkte Mathis an, „aber du wirst mit Fällen zu tun haben, die weit komplizierter sind als dieser, nehme ich an."

„Da stimme ich dir zu", war Norberts Antwort, „aber der widerrechtlich bewohnte Park und die ebenfalls widerrechtliche Reaktion der Anwohner, sind ein treffendes Beispiel dafür, dass das Rechtsempfinden für juristische Bewertung nicht genügt und der Umgang miteinander eskalieren kann, wenn nur das Rechtsempfinden zur Grundlage der rechtlichen Bewertung wird. Hier spielen auch Differenzen zwischen Recht und Gerechtigkeit hinein, zu denen es manchmal kommt und die meistens Unmut wecken. Ein schwieriges Thema – auch für Juristen."

„Als letzter ist nun Werner mit seinem Bericht an der Reihe, der per Zufall zu uns gestoßen ist. Länger haben wir dich nicht gesehen; um so interessanter ist, was du uns erzählst. Du hast das Wort, Werner, schieß los!"

Mathis' Aufforderung machte ihn verlegen. Werner war nicht darauf vorbereitet, von sich zu erzählen. Per Zufall war er auf die Freunde gestoßen und zu ihrem Treffen gekommen. Er wusste nicht, was er zu seiner Person sagen sollte. Verglichen mit dem, was alle anderen über sich erzählt hatten, war er einer, der gar nichts erlebt hatte, jedenfalls nichts, womit er sich mit ihnen messen konnte – und darauf kam es allem Anschein nach an. Doch um sich selbst zu würdigen, fehlten ihm jetzt die Worte.

„Willst du uns nichts aus deinem Leben berichten?", fragte ihn Mathis erneut, „was machst du beruflich? Bist du liiert? Hat sich dein Leben glücklich entwickelt? Hast du dich wie wir als erfolgreicher Mann etabliert?"

Werner stützte den Kopf auf die Ellenborgen und seufzte. Dann erhob er sich. Die karierte Krawatte, die er immer auf Arbeit trug, hatte er abgenommen. Denn er wäre der einzige gewesen, den dieses Accessoire auch zum Feierabend schmückte.

„Im Gegensatz zu Euch bin ich im Kulturbereich der Stadtverwaltung als Abteilungsleiter tätig, nachdem ich Kunst und Sprachen studiert und einen MBA im Ausland gemacht habe. Mein Schwerpunkt sind Digitalisierung und Innovation. Im Kulturbereich der Stadt gehöre ich zu den wenigen, die sich auf diese Gebiete verstehen und über die nötige Expertise verfügen. Seit einigen Jahren werden auf meine Initiative hin Archivalien, Buchbestände, alte Drucke, Bilder und weitere Sammlungsgegenstände kultureller Einrichtungen in digitale Formen überführt. Wir haben, verglichen mit anderen Städten ähnlicher Größe, eine Vorreiterrolle auf diesem Gebiet eingenommen, die der Kulturverwaltung und meinem Resort viel Anerkennung schafft. Darauf sind wir stolz. Denn wir alle wissen, dass Digitalisierung zu den Themen gehört, die unsere Zukunft prägt. Hier in der ersten Reihe zu stehen, beweist Kompetenz und Weitsicht, wie sich Bildung und Kultur künftig ereignen. Auch den internen Abläufen der Kulturverwaltung steht der digitale Wandel unmittelbar bevor. Die ersten Schritte wurden mit einer Web-Seite der Kulturverwaltung und einem Informationssystem zu den kulturellen Highlights und Veranstaltungen in Stadt und Land begonnen. Die digitale Finanz- und Personalverwaltung der Kulturverwaltung ist in Arbeit. Erfreulicherweise wurde beschlossen, diese beiden Bereiche in der gesamten Stadtverwaltung in digitale Form zu überführen, so dass die Kulturverwaltung in diesem Kontext als Modellprojekt fungiert.

Der digitale Wandel ist auch ein Kulturwandel, der Aufmerksamkeit und ein gutes Marketing erfordert. Besucher unserer

Museen, Bibliotheken und des Stadtarchivs sind nicht mehr auf Besuche dieser Einrichtungen angewiesen, sondern können sie auch digital erreichen. Diese neue Form der Besuche von Museen oder der Stadtbibliothek haben erstaunlich zugenommen, ohne dass die Zahl der ,physischen' Besuche spürbar geringer wurde. Unser Stadtmarketing ist beglückt über das gewachsene Interesse an unseren Kulturschätzen, das sich durch Klickzahlen belegen lässt. Auswärtige Besucher können sich auf den Besuch der Kultureinrichtungen unserer Stadt vorbereiten, da sie mit den digitalisierten Schätzen einen Überblick erhalten und entscheiden können, was sie anspricht und was nicht. Ich bin glücklich, mit meiner Lebensgefährtin eine Expertin für Marketing zu haben, die mir beratend zur Seite steht. Wir sind in den Medien, im Netz, in lokalen und überregionalen Zeitungen gegenwärtig wie noch nie – ein Riesenerfolg!

Die digitale Überführung unserer Abläufe zur Verwaltung des Kulturbereichs stößt bisweilen auf Widerstände, die mich befremden. Da fehlt der Mut, neue Wege zu gehen, und der Pragmatismus, alte Zöpfe endlich abzuschneiden. Allerdings scheint die eingesetzte Informationstechnik noch nicht so ausgereift zu sein, um die gesamte Organisation zu digitalisieren. Öfters bin ich als Mediator gefragt, um Konflikte auszuräumen. Mich wundert, wie viele Menschen an Traditionen hängen bleiben, anstatt sich mit den Potenzialen der Informationstechnik zu befassen und sie für sich zu nutzen. Aber Akteure wie ich können da überzeugen, so dass ich in diesem Kontext meine Aufgabe und meine Rolle sehe ."

„Das ist interessant, was du erzählst", bemerkte Mathis, „allerdings muss ich gestehen, von digitalisierten Büchern und Bildern aus Bibliotheken und Museen unserer Stadt heute zum ersten Mal zu hören. Aber das wird daran liegen, dass deine kulturellen Innovationen bisher an mir vorbeigegangen sind."

„Ich habe von Kollegen gehört", ergänzte Holger, „dass sie für den Unterricht digitale Bilder und Bücher nutzen und von diesen Möglichkeiten der Vermittlung begeistert sind."

„Verbindet sich der Zugang zu digitalen Reproduktionen für diejenigen, die sie nutzen wollen, mit Kosten?", fragte Günther, „oder sind digitale Besuche von Kultureinrichtungen kostenfrei?"

„Für die öffentliche Nutzung dürfen nur Materialien digitalisiert werden, die frei von Urheberrechten sind", kommentierte Norbert, „heißt, siebzig Jahre nach dem Tod der Rechteinhaber oder im Fall von Zustimmung, soweit es mir bekannt ist."

„Genauso ist es", bestätigte Werner, „wir digitalisieren urheberrechtsfreie Materialien, die kostenfrei genutzt, allerdings nicht verändert weiterverbreitet werden dürfen."

„Auch an der Universität finden digitalisierte Materialien großen Zuspruch, die in unseren Kultureinrichtungen wie in großen Bibliotheken und Museen unseres Landes angefertigt werden", äußerte Christian und fragte Werner, „bist du für deine Aufgaben in der Kulturverwaltung denn auch technisch qualifiziert?"

„Nein, ein Informatiker bin ich nicht und habe auch keine Zusatzausbildung auf diesem Gebiet absolviert. Allerdings verstehe ich die technischen Voraussetzungen grundsätzlich, die für den digitalen Wandel maßgeblich sind. Das genügt für das Management."

„Dann wirst du genügend Fachpersonal in deiner Abteilung haben", vermutete Mathis.

„Nein, auch das nicht", gab Werner zurück, „wir haben alle Projekte an Firmen ausgelagert, die uns vorzüglich unterstützen. Da spielt Vertrauen eine wichtige Rolle …"

„… und ein gutes Budget", ergänzte Günther, „jedenfalls haben wir an der Bank diese Erfahrung gemacht."

„Das Ergebnis rechtfertigt diese Investitionen", warf Werner ein, „die Kultur in der Stadt hat einen enormen Sprung nach vorn gemacht, der eigentlich unbezahlbar ist."

„Das verstehe ich gut", brachte Erwin ein, „deinen Gästen steht mein Restaurant immer offen. Unsere Stadt hat auch kulinarisch viel zu bieten, was ebenfalls zur Kultur gehört."

„Besten Dank, Werner!", schloss Mathis die Diskussion, „sehr interessant, was du uns berichtest. Deine Speisen, Erwin, sind, wie ich hoffe, nicht digital. Ich glaube kaum, dass mir das schmeckt. Eine weitere Runde Bier, Männer? Das tut uns jetzt sicher äußerst gut …"

Breite Zustimmung – und nach dieser Runde gab es eine weitere. Werner blieb bis zum Schluss dabei, ohne sich zu wundern, dass Jasmin ihn nicht auf seinem Smartphone anrief.

JASMIN

Am Tag drauf war Werner verwirrt. An einem Treffen ehemaliger Kommilitonen, die verschiedener nicht hätten sein können, hatte er per Zufall teilgenommen. Alle hatten über sich und ihre Erfolge im Leben berichtet, wie es Männer eben machen, die glauben, ihre Ziele erreicht zu haben, und sich deshalb als Helden fühlen, weil dies nicht immer einfach und frei von Herausforderungen gewesen ist. Sie hatten sich alle auf diesen Tag vorbereitet, um sich als erfolgreich zu inszenieren und um einen nachhaltig Eindruck zu hinterlassen. Werner hatten sie gleichsam genötigt, es ihnen gleichzutun, und er hatte etwas Zeit gebraucht, bis er verstand, dass er sich ihnen am besten in derselben Weise präsentierte, wie er es an seinem Arbeitsplatz in der Kulturverwaltung tat. Denn es wusste ja keiner, was ihn tatsächlich Tag für Tag dort beschäftigte, und ein Verständnis seines Wirkens, soweit er darüber berichtet hatte, würde er sicher nicht finden. So übernahm er das Muster, das er auch bei den versammelten Freunden vermutete, und vermittelte am Ende den stolzen Sieg über sämtliche Widrigkeiten: Alles großartig, wenn es um die eigene Selbstdarstellung ging, auf der anderen Seite klein, standen die Heldentaten dieser eigenen Selbstdarstellung gegenüber; da entstand eine tiefe Kluft, die große Worte füllen mussten. Ob man so ein Mann sei, fragte sich Werner, und ob die im Biergarten getroffenen Aussagen überhaupt wahr seien. Er nahm sich vor, dem nachzugehen und als erstes die Belastbarkeit des Berichts von Holger zu überprüfen, dessen Bericht große Aufmerksamkeit geweckt hatte.

Doch zuvor tauschten er und Jasmin, die am Sonntagabend wieder in der gemeinsamen Wohnung eintraf, sich über ihre

Erlebnisse am Wochenende aus. Jasmin erzählte begeistert von der Tagung, die sie in vielen, auch interaktiven Programmpunkten bereichert und ihr eine Menge Aufschlüsse über den Einsatz von *social media* gegeben habe, die absehbar auch im Kulturbereich eine große Rolle spielen dürften. Selbstverständlich sei sie bereit, Werner darüber mehr zu berichten. Die interaktiven Formate hätten wesentlich zur Vernetzung der rund hundert Teilnehmenden beigetragen – überwiegend junge Frauen, die *echt super* mitgemacht haben und sich von der *geilen* Stimmung geradezu euphorisieren ließen. Dazu habe auch die *coole* Party beigetragen, die am Samstagabend stattfand und für viele Teilnehmerinnen die ganze Nacht hindurchging. Aber so lange habe sie, Jasmin, nicht durchgehalten. Denn am Sonntagvormittag hatte sie ja noch ihren Kurzvortrag zur Verhaltensanalyse von Zielgruppen – da wollte sie *fit* sein, und das habe sich auch gelohnt. Denn sie bringe Jobangebote mit nach Hause, die sie als ernsthaft einstufe und sich ansehen werde. Die Tagung habe ihr wieder eine Menge Inspiration gebracht und sei für sie ein voller Erfolg gewesen.

Werner beglückwünschte sie und sagte, dass er sich mit ihr darüber freue, dass die Tagung für sie so ergiebig gewesen war. Er selbst sei freitags am frühen Abend auf seinem Rückweg nach Hause durch den Biergarten gegangen, um sich eventuell noch ein Bier zu gönnen. Per Zufall sei er dort auf eine Gruppe befreundeter Kommilitonen gestoßen, die er im Studium kennengelernt habe und die sich dort getroffen hatten, um sich gegenseitig über ihr Leben und ihren Werdegang zu berichten. Anwesend seien ein Arzt, ein Anwalt, ein Banker, ein Gastwirt, ein Lehrer, ein Sozialwissenschaftler und, wie es der Zufall offenbar wollte, auch er gewesen, der die Kultur im digitalen Wandel vertrat.

„Das muss ja ein beeindruckendes Schaulaufen gewesen sein", sagte Jasmin.

„Was bringt dich auf diese Idee?", wollte Werner wissen.

„Bei einer solchen Männergesellschaft geht das doch gar nicht anders", gab sie zurück, „hast du mitgemacht?"

„Erst wollte ich nicht", erwiderte er, „dann wurde ich dazu gedrängt, wenn ich nun schon da sei. Schließlich habe ich losgelegt und allerhand Beifall erhalten."

„Hatten deine Freunde für ihren Auftritt eine Beratung? Du hast vermutlich dein Sprüchlein als Abteilungsleiter für Digitalisierung und Innovation der Kulturverwaltung zum Besten gegeben."

„War das falsch? Oder warum äußerst du dich dazu so abschätzig?", fragte er und schüttelte irritiert den Kopf.

„Solche Heldengeschichten widern mich an. Das ist so typisch Mann, sich stolz seiner Siege wieder und wieder zu versichern. Zudem sind sie oft ganz oder zumindest teilweise frei erfunden", äußerte sie.

„Erzählen sich Frauen ihre Erfolge nicht? Wollt ihr nicht voneinander wissen, was ihr erreicht habt?"

„Deine Frage trifft das Thema für Frauen nicht. Frauen haben Pläne, in die sie andere Frauen einbeziehen. Männer haben Ziele, die zu erreichen sie als ihren Sieg verstehen, der ihnen allein gehört, um stolz darauf sein zu können."

„Frauen siegen nicht, Männer sind außerstande zu planen – verstehe ich dich richtig?"

„Ja, so in etwa ist es", pflichtete sie ihm bei.

„So gesehen, plane ich als Mann allerdings sehr viel, wenn ich an meine Aufgaben in der Kulturverwaltung denke ..."

„... aber dir kommt es nur auf Siege und nicht auf Planungen an", unterbrach sie ihn, „Pläne bedeuten Frauen meistens alles, Siege hingegen sind für sie nichts Besonderes."

„Im Unterschied zu Männern ist es bei Frauen also genau umgekehrt", fasste Werner zusammen, ohne von dieser Behauptung überzeugt zu sein, und nahm sich vor, als nächstes Holger telefonisch zu kontaktieren.

ZWEIFEL

Nach vielen Versuchen kam es endlich dazu, nachdem Werner schließlich Holgers richtige Telefonnummer fand und ihn eines Abends erreichte. Ein wunderbarer Abend sei das gewesen, so gefreut habe er sich, seine Studienfreunde, die er stets so sehr geschätzt habe, wieder einmal zu treffen und sich voneinander zu erzählen.

„Bisweilen waren die Berichte in der Tat aufsehenerregend", stellte Werner fest, „ist das immer so?"

„Ich bin oft erstaunt, was da alles abgeht", bestätigte Holger, „und frage mich manchmal, ob das alles so stimmt."

„Das ging mir auch so", pflichtete Werner bei, „und ich möchte dich dazu gern etwas fragen."

„Nur zu", sagte Holger, „ich habe Zeit. Julia, meine Lebensgefährtin, ist heute Abend unterwegs."

„Vor ein paar Jahren, als du noch mit Rebecca zusammenwarst, sind wir uns mit ihr und deinen beiden Kindern in einem großen Kaufhaus begegnet. Wenn ich mich richtig erinnere, war es Weihnachten; denn alle waren wegen des Kaufs von Geschenken sehr aufgeregt. Deshalb hatten wir uns nur kurz begrüßt und vom Weihnachtsstress erzählt und sind dann zügig weitergegangen. Warum ich Rebecca und deine Kinder in Erinnerung behielt, weiß ich nicht, aber sie haben warum auch immer Eindruck auf mich gemacht. Nun hattest du bei unserem Treffen im Biergarten vom Selbstmord Rebeccas und vom Tod deiner Kinder berichtet, die Rebeccas Tat zum Opfer gefallen waren. Ein fürchterlicher Vorfall, den niemand erleben möchte. Allerdings muss ich gestehen, dass ich dich beinahe vor allen Freunden gefragt hätte, ob das denn tatsächlich zutrifft. Denn um ehrlich zu sein, ich habe Rebecca und auch deine beiden Kinder vor einigen Wochen in der näheren Umgebung meiner Wohnung gesehen. Ich wollte schon auf sie zugehen und sie begrüßen, habe mich aber dann doch zurückgenommen, da du nicht dabei warst und Rebecca, die wirklich eine reizende Frau ist, das möglicherweise vollkommen falsch verstanden hätte. Diese Begegnung, zu der es nicht kam, ist der Hintergrund meiner Frage an dich: Sind Rebecca und deine Kinder tatsächlich tot?"

Werners Frage löste Schweigen in der Telefonleitung aus.

„Bist du noch dran, Holger?", fragte er ihn.

„Bist du dir sicher, Rebecca gesehen zu haben? Oder unterstellst du mir, wegen meiner Beziehung zu Julia gelogen zu haben?", erwiderte er irritiert.

„Ob Rebecca und deine Kinder leben, möchte ich wissen", gab Werner zurück, „diese Frage stellen sich eventuell auch andere aus unserem Freundeskreis."

„Glaubst du, dass der Selbstmord Rebeccas eine Lüge ist, die ich euch erzählt habe?", fragte Holger aufgeregt, „nimm das sofort zurück!", rief er erbost, „das rate ich dir."

„Wenn du dir mit ihrem Selbstmord so sicher bist, verstehe ich deine Aufregung nicht", erwiderte Werner, „ich frage mal bei den anderen Freunden nach, ob einer von ihnen Rebecca gesehen hat."

„Das machst du nicht", schrie Holger ins Telefon, „Julia erwartet nach vielen Versuchen von mir ein Kind. Was ist dein Preis dafür, dass du das unterlässt?"

Doch da hatte Werner schon eingehängt und ließ Holger äußerst verunsichert zurück, der keine andere Idee hatte als Mathis so schnell wie möglich zu kontaktieren.

„Es ist mitten in der Nacht", sagte Mathis, „was ist so dingend, dass du mich jetzt anrufst, Holger?"

„Eine dringende Angelegenheit, die nicht warten kann", antwortete Holger, „um diese Zeit bist du auf jeden Fall zu erreichen."

„Um was geht es?", fragte Mathis, „sprich!"

„Heute hatte ich ein Telefonat mit Werner, der mich anrief und nochmals auf unser Treffen im Biergarten zu sprechen kam. Dabei erzählte er mir, dass er von einem Bekannten wüsste, dass dir vor einem Jahr ein Kunstfehler unterlaufen sei, der zu einer schweren Behinderung des Patienten geführt habe. Ein falsches Medikament sei ihm von dir verschrieben worden, dass zu Lähmungen führte, die irreversibel seien und den Patienten an einen Rollstuhl fesselten. Der Tod deines Sohnes sei kein Unfall auf einer Bergwanderung gewesen, die überhaupt nicht stattfand, sondern ein Mord, der als Rache für dein Versagen verübt worden sei …"

„… hat Werner dir mitgeteilt, auf welchen Informationen seine Erklärung zum Tod meines Sohnes beruhen?", unterbrach ihn Mathis.

„Ich glaube nicht, dass er irgendwelche Belege hat – gesagt hat er jedenfalls nichts. Er will die anderen Freunde fragen, ob ihnen diese Information über den Tod deines Sohnes bekannt ist. Ich habe mir schon gedacht, dass er dich noch nicht kontaktiert hat. Deshalb hielt ich meinen Anruf bei dir trotz der nächtlichen Zeit für dringend und unerlässlich."

„Dafür danke ich dir", erwiderte Mathis, du bist ein echter Freund. Wenn ich dir im Umgang mit deinen Problemen helfen kann, die Rebecca betreffen, mache ich das sehr gern."

„Wovon redest du?", fragte Mathis erstaunt, „Rebecca ist tot."

„Von Norbert höre ich deutlich andere Botschaften. Aber vielleicht habe ich etwas missverstanden."

„Was hat dir Norbert erzählt?", wollte Holger wissen; er war plötzlich äußerst beunruhigt über das, was ihm Mathis mitteilte.

„Ich rufe dich in den nächsten Tagen an", versprach Mathis, „aber jetzt muss ich ins Bett und schlafen. Bis bald, Holger!"

Beide legten auf. Holger war hochgradig verunsichert.

„Hast du meine Mail bekommen?", fragte Erwin, der mit Günther abends telefonierte, mit zwischen Ohr und Schulter eingeklemmtem Handy, da er in der Küche stand.

„Was willst du von mir", antwortete Günther unwirsch, „du Ganove? Ich habe mir deinen Laden im Internet einmal näher angesehen: Von Vier-Sterne-Restaurant war da nichts zu lesen. Hast du die schon? Oder steht das noch bevor?"

„Für die Auszeichnung mit vier Sternen ist mein Restaurant in die engere Wahl gezogen worden. Dass wir so weit kommen, hat große Freude bei allem Beteiligten ausgelöst."

„Bekommst du die vier Sterne, wäre das ein Riesensprung für dich – gleichsam aus dem Nichts. Denn bisher ist dein Restaurant nicht mal mit *einem* Michelin-Stern ausgezeichnet worden."

„Wenn du mich unterstützt, werden wir es schaffen", äußerte Erwin selbstbewusst."

„Hast du denn Referenzen für dein hehres Ziel? Gibt es Gäste, die dich unterstützen?"

„Christian gehört dazu; er ist ein Genießer und weiß meine Speisekarte zu schätzen."

„Wofür brauchst du den Kredit?", wollte Günther wissen, „was ist das Investment, das dir die vier Sternen bringt?"

„Ich dachte, dass du mir vertraust und dich auf meine Kompetenz verlässt. Lass dich doch überraschen. Das Geld, das ich von dir auf Pump erhalte, ist bestens eingesetzt in meinem Restaurant – da kannst du sicher sein."

„Ich werde Christian fragen, was er von deinem Laden hält und ob er mir erklären kann, wo sich das Potenzial für den Höhenflug zu den vier Sternen befindet."

„Christian wird dir nichts anderes über mein Restaurant mitteilen als ich."

„Na, warten wir einmal ab. Zweckoptimismus hilft hier nicht weiter", sagte Günther und legte auf.

Endlich war es Mathis gelungen, Norbert zu einem Lunch zu treffen; sie trafen sich in einer Trattoria in der City – weit genug weg von der Kulturverwaltung. Denn Werner sollte von diesem Treffen nichts mitbekommen, da Mathis sich mit Norbert über ihn austauschen wollte.

„Der Kerl sorgt für Irritation und Verunsicherung", sagte Mathis, nachdem sie bestellt hatten, „in einem nächtlichen Anruf hatte mich Holger darüber informiert, dass Werner verbreitet, dass mir ein Kunstfehler unterlaufen sei und der Tod meines Sohnes sich nicht in den Bergen ereignet habe, sondern er Mordopfer eines Racheakts sei, den derjenige an ihm verübet habe, der durch meinen angeblichen Kunstfehler schwere Schädigungen erlitt. Wenn diese Botschaft weiter die Runde macht, habe ich Sorge um den Fortbestand meiner Praxis."

Der Mittagslunch wurde serviert; hastig stießen die beiden mit ihren Gabeln in die Pasta.

„Damit ich dich von Anfang richtig verstehe: Dir ist kein Kunstfehler unterlaufen, der zur Ermordung deines Sohnes geführt hat", vergewisserte sich Norbert schmatzend.

„So ist es", bestätigte Mathis, „mein Sohn ist in den Bergen tödlich verunglückt. Ein Zusammenhang mit einem Kunstfehler, der mir unterlaufen sein soll, besteht nicht."

„Aber Kunstfehler – auch solche, die schwer waren – sind dir schon passiert", hakte Norbert nach.

„Ja, hin und wieder passieren mir bei Behandlungen Fehler, das bedaure ich sehr. Doch dass ich Medikamente verschrieben haben soll, die zu dauerhaften Lähmungen geführt haben, daran kann ich mich nicht erinnern – nein, beim besten Willen nicht", beschwor er, „ich muss kurz auf Toilette."

„Schmeckt es dir?", rief er Norbert zu, als er wiederkam. Darauf ging Norbert nicht ein.

„Hältst du für möglich, dass Holger sich den Mord an deinem Sohn als Racheakt für den Kunstfehler ausgedacht hat?", fragte Norbert.

„Warum sollte er das machen?", wollte Mathis wissen.

„Ich habe dir doch gesagt, dass Werner mir mitteilte, Holgers Frau Rebecca gesehen zu haben, die entgegen seinem Bericht bei unserem Treffen, noch lebe wie auch ihre Kinder."

„Stimmt", sagte Mathis, „darauf wollte ich dich noch ansprechen; das habe ich Holger versprochen. Wenn Holger Werners Aussage als Erfindung beurteilt und sich von ihm deshalb angegriffen sieht, könnte ihn das zu einem Racheakt verleiten. Hast du zu dem Thema Rebecca schon etwas in Erfahrung gebracht?"

„Bisher bin ich noch nicht dazu gekommen", erklärte Norbert, „ich hatte keine Zeit. Ich werde mich zeitnah mit Werner in Verbindung setzen. Dann wissen wir bald mehr. Darf ich dich einladen?"

„Ist schon bezahlt", antwortete Mathis, „besten Dank, dass du dir Zeit für mich genommen hast."

„Du hörst von mir", erwiderte Norbert und war verschwunden.

Mit folgender Mail wandte sich Günther an Christian:
„Hallo Christian, auf unserem Treffen hatte Erwin von seinem Restaurant erzählt und dabei den Eindruck geweckt, als Vier-Sterne-Restaurant ausgezeichnet zu sein. Davon war ich so beeindruckt, dass ich

ihm einen Kredit in Aussicht stellte, sollte er Geld brauchen. Nun hat er sich deshalb an mich gewandt. Doch bei meinen Recherchen im Internet stellte ich fest, dass sein Restaurant gar keine Sterne hat, noch nicht einmal einen, so dass ich den Eindruck gewonnen habe, dass Erwin uns Märchen erzählte. Bei einem kürzlichen Telefonat sagte er mir, dass er in der engeren Wahl sei und nun Geld brauche, um die Auszeichnung zu erhalten. Als Referenz für die Qualität seines Restaurants nannte er Dich, der das Lokal oft besuchen würde. Kannst Du mir mehr dazu sagen? Lohnt es sich, Erwin zu unterstützen? Für eine zeitnahe Rückmeldung danke ich Dir. Viele Grüße – Günther"

Darauf antwortete Christian drei Tage später:

„Lieber Günther, zunächst möchte ich mitteilen, dass Du mir auf unserem Treffen im Biergarten ziemlich ‚gekekst' hast. Deine Theorie über Geld ist zum Kotzen. Wie bringst Du es fertig, diesen Schwachsinn zu glauben, der nichts anderes ist als eine Kommerzialisierung des Alltags. Wie sollen wir in Geldflüssen schwimmen, die uns nicht zur Verfügung stehen, die aber mit unserem Überleben spielen. Das ist purer Zynismus eines Aufsteigers, der seine Herkunft vergessen hat und sein Handeln nun mit einer schrägen Theorie legitimiert, die ihm und sonst niemandem nützt. Jetzt glaubst Du, dass Erwin Dich an der Nase herumgeführt hat, und kommst mit der sonderbaren Frage um die Ecke, ob er Deinen schon zugesagten Kredit tatsächlich verdient. Ist das Dein Ernst? Auch Banker sollten ihre Zusagen einhalten, auch wenn diese voreilig erfolgten. Doch unabhängig davon, ob ich das Restaurant oft besuche oder auch nicht, Erwin ist ein tüchtiger Kerl, der diese Unterstützung sicher verdient, wenn sie ihm die Vier-Sterne-Auszeichnung bringt. Ein Kredit von 10.000 Euro – diese Größenordnung wird es sein – dürfte die Bank nicht zusammenbrechen lassen und den Kredit in diesem Umfang deiner Bank zu erklären, wird Dir doch bestimmt gelingen, Günther. Viel Erfolg – Christian"

Nach einer Woche sagte Günther den Kredit zu, um den ihn Erwin gebeten hatte; er fürchtete, dass Christian und Erwin seine Bank aufsuchen könnten, um sich dort über den im Grundsatz zugesagten Kredit zu verbreiten; das wollte Günther auf alle Fälle vermeiden. Damit war das Problem, das er mit Erwin hatte, ausgeräumt.

Zwei Wochen später erreichte Werner eine einstweilige Verfügung wegen Digitalisierung von Bildbeständen, die sich als Leihgabe von Museen anderer Städte im Kunstmuseum der Stadt befanden. Eine Freigabe zur Digitalisierung sei mit den Leihgebern nicht vereinbart worden, so dass ein Verstoß gegen Urheberrechte vorgefallen sei. Warum ihn die einstweilige Verfügung in der Angelegenheit jetzt erreichte, fragte er sich. Ob das über Norbert von Holger ausging als Rache für Werners Infragestellung von Rebeccas Selbstmord und des Todes ihrer gemeinsamen Kinder? Sie könnte allerdings auch von den Museen ausgegangen sein, die Leihgeber und Rechteinhaber der Bilder waren. Wer die einstweilige Verfügung initiiert hatte, konnte Werner dem Schreiben nicht eindeutig entnehmen. War das *fake*?

Am nächsten Tag war folgender Beitrag in der Lokalpresse zu lesen: *„Verstößt die Kulturverwaltung gegen Recht und Gesetz? Im Zuge der spektakulären Kampagne, Kulturgut in Museen und Bibliotheken unserer Stadt in digitale Formen zu überführen, stellt sich heraus, dass dabei gegen Urheber- und Verbreitungsrechte verstoßen wurde. Ein peinlicher Vorfall, der Fragen aufwirft: Kennt der zuständige Abteilungsleiter in seinem Eifer keine gesetzlichen Grenzen? Fehlt es in seinem Ressort an juristischer Kompetenz? Im Kunstmuseum unserer Stadt wurden Leihgaben digitalisiert, ohne die Zustimmung der Leihgeber einzuholen. So etwas darf nicht passieren. Denn Digitalisierung ist kein Selbstbedienungsladen, in dem Bilder und*

Bücher beliebig verarbeitet und digital zur Verfügung gestellt werden dürfen. Jetzt müssen die gesetzeswidrig digitalisierten Bild- und Buchbestände aus dem Verkehr gezogen werden. Die Kulturverwaltung ist dafür verantwortlich und hat allerhand Geld verjubelt, das der Kampagne nun fehlt. Für Fragen war der zuständige Abteilungsleiter nicht zu erreichen. Doch der Vorfall wird noch ein Nachspiel haben."

Werner beunruhigte dieser Beitrag, der sich ganz eindeutig gegen ihn richtete und aus seiner Sicht eine Unterstellung war, die jeder Realität entbehrte. Leihgaben waren nicht digitalisiert worden. Die einstweilige Verfügung war gegenstandlos und zugleich eine Lüge, die der Presse zugespielt worden war. Der Vater Jasmins hatte Werner angerufen und sein Unverständnis in der Sache zum Ausdruck gebracht. Dass nicht zutraf, was in der Zeitung zu lesen war, davon ließ er sich nicht überzeugen. Auch Jasmin stellte Fragen.

„Geht es da gegen dich?", wollte sie wissen, „hast du dich mit jemandem überworfen, der dir nun schaden will?"

„Holger hatte auf dem Treffen berichtet, dass Rebecca sich umgebracht und die mit Holger gemeinsamen Kinder mit in den Tod gerissen hat, da sie eine Gasflasche im Wohnmobil zur Explosion brachte. Diese Aussage stellte ich in Frage; denn ich glaubte, Rebecca mit den Kindern vor einiger Zeit gesehen zu haben. Das löste große Bestürzung bei Holger aus, und er beschwor mich, diese Vermutung für mich zu behalten. Aber das veranlasst diese Intrige nicht. Da muss noch etwas Anderes passiert sein, dass zu dieser Unterstellung führte."

„Pass auf dich auf", sagte Jasmin, „Männer können entsetzlich empfindlich reagieren, wenn es um ihren Stolz geht, und auf verrückte Rachegedanken kommen."

Ein paar Tage später fand Werner ein kurzes Schreiben von Mathis mit folgendem Inhalt in seinem Briefkasten: *„Werner, wie kommst Du dazu, mir einen Kunstfehler vorzuwerfen, der zur Ermordung meines Sohnes geführt haben soll. Als ich fragte, welche Beweise du dafür hättest, konnte Holger, der mir darüber berichtete, nichts sagen – er bestätigte mir nur ein weiteres Mal, dass du diese Botschaft verbreitest, die eine Lüge ist. Das ist nun die zweite Mitteilung, die mich von deiner Seite erreicht und befremdet; diesmal betrifft sie mich. Beim ersten Mal ging es um Rebecca, Holgers verstorbene Frau, die angeblich lebt, wie du behauptest. Was beabsichtigst du mit solchen Unterstellungen? Ich werde mich dagegen zu wehren verstehen – da kannst du sicher sein. Mathis"*

Ob Mathis den Artikel in der Lokalpresse auf den Weg gebracht hatte, fragte sich Werner. Wahrscheinlich wird er sich Unterstützung geholt haben, um diesen Artikel an die Öffentlichkeit zu bringen. Die einstweilige Verfügung, die vorab eingetroffen war, sicherte dies ab. Dieses Vorgehen sprach für Norbert, der mit Holger dann den Artikel schrieb. Offenbar zogen die gegenseitigen Unterstellungen Kreise, die durch Werners Äußerungen zu Rebecca ausgelöst worden waren. Deshalb wandte sich Werner mit einer Mail an die Freunde, in der er vorschlug, sich in Erwins Restaurant zu treffen, um unlängst entstandene Differenzen zu klären und auszuräumen. Eventuell gab es zudem Auseinandersetzungen, die bisher nur versteckt existierten, doch dringend der Klärung bedurften.

KLÄRUNG

Werners Vorschlag griffen die Freunde auf. Voller Stolz erklärte er diesen Erfolg Jasmin. Bis vor kurzem habe er keine Rolle für diese Gruppe gespielt. Jetzt sei er der, dem alle folgten, um Streit zu schlichten. Wie er die Vernunft geweckt habe, sei doch beachtlich, äußerte er und machte sich auf den Weg zu Erwin. Sie wäre an seiner Stelle nicht so optimistisch wie er es jetzt zu erkennen gebe, sagte sie ihm, ob er denn wisse, was da im Hintergrund spiele, ob vielleicht einer oder mehrere versuchten, ihn in eine Falle zu locken, und deshalb seiner Einladung folgten. Er solle vorsichtig sein; denn verletzter Stolz oder ausweglose Situationen verleiteten Männer, mit dem Kopf durch die Wand zu gehen. Andererseits seien, so Jasmin, manche sehr berechnend und ohne Empathie, so dass sie andere anwiesen, sich die Hände schmutzig zu machen, sich selbst aber davon fernzuhalten verstanden. Bei Männern sei die Bereitschaft zu handgreiflicher Auseinandersetzung schon schlimm: Keine andere Idee als die eigene Kraft. Aber schlimmer noch sei aus ihrer Sicht, vom Einsatz der eigenen, physischen Kraft weitgehend abzusehen und stattdessen kaltblütig zu intrigieren und dabei in Kauf zu nehmen, andere zu den Mördern zu machen. Mit anderen Worten: Feige, intelligente Männer, die sich hinter Morden verstecken, zu denen sie meistens Männer verleitet haben, um am Ende als Sieger aus den selbst verursachten Konflikten hervorzugehen. Insofern könne sein Einsatz als Vermittler der Freunde gefährlich sein, warnte ihn Jasmin.

Als Werner den Nebenraum in Erwins Restaurant betrat, fand er dort nur Norbert, Mathis und Holger; die anderen Freunde waren nicht präsent, ohne sich bei ihm abgemeldet zu haben.

„Wo sind die anderen?", fragte Werner, „kommen die noch? Oder bleibt es bei uns?"

„Wir brauchen die anderen nicht", erklärte Norbert, „es genügt, wenn wir hier zusammenkommen. Schließlich geht es doch nur um uns."

„Was heißt das?", wollte Werner wissen, „um was geht es dann?"

„Das hast du doch in deiner Einladung zu diesem Treffen kundgetan", antwortete Norbert, „dass es um Differenzen geht, die geklärt werden müssen."

„Richtig! Mir wurde Schlamperei bei der Beachtung von Urheber- und Verbreitungsrechten in einem Presseartikel zum Vorwurf gemacht, nachdem mir am Tag dazu zuvor eine einstweilige Verfügung zuging. In jeder Hinsicht sind die Vorwürfe gegenstandslos. Aber möglicherweise ging es ja um etwas ganz anderes. Vielleicht war es ein Racheakt, der dadurch ausgelöst wurde, dass ich Holgers Frau mit den Kindern gesehen habe – die also gar nicht tot sind."

„Er lässt davon nicht ab", äußerte Holger aufbrausend, „und hält an dieser Verleumdung fest. Wie oft soll ich noch sagen, dass Rebecca Selbstmord begangen hat? Doch Werner erweckt sie wieder und wieder zum Leben. Das ist doch unglaublich."

„Es gibt noch andere Themen, die du in Umlauf bringst, Werner", merkte Mathis unüberhörbar an, „du unterstellst mir einen Kunstfehler, der die Ermordung meines Sohnes zur Folge gehabt haben soll. Das ist eine unfassbare Unverschämtheit, die ich nicht verstehe. Hast du dafür irgendwelche Beweise? Oder willst du mich mit falschen Unterstellungen ruinieren?"

„Was redest du da", entgegnete Werner, „über dich als Arzt und zum Tod deines Sohnes, den ich sehr bedaure, habe ich mich überhaupt nicht geäußert. Wer hat dir erzählt, dass ich das verbreite? War das vielleicht Holger?"

„Warum denn ich?", rief Holger empört, „erst Rebecca und jetzt das. Dein Sündenbock bin ich nicht, Werner. Für das, was du sagst, musst du schon selbst einstehen. Anderen deine Lügen unterzujubeln, ist eine bodenlose Frechheit."

„Aber du hast mir es doch erzählt, Holger", erklärte Mathis, „als du mich vor ein paar Wochen spät in der Nacht deshalb anriefst. Das wirst du doch sicher noch wissen."

Nun ergriff Norbert das Wort, dem das Hin- und Herschieben von Vorwürfen und Unterstellungen zu viel wurde.

„Was hast du Mathis bei deinem nächtlichen Telefonat denn erzählt?", fragte er Holger, „erinnerst du das noch?"

„Ich habe über Werners Vermutung berichtet, dass Rebecca und die Kinder noch leben …"

„War das alles?", hakte Norbert nach, „oder ging es auch um den Sohn von Mathis?"

Holger erweckte den Anschein darüber nachzudenken, kam aber nicht heraus mit der Sprache.

„Hast du dir das ausgedacht, Mathis, was du mir über die Unterstellung Werners im Hinblick auf deinen Sohn gesagt hast?", fragte Nobert.

„Das habe ich ganz bestimmt nicht", erwiderte Mathis, „warum gibst du nicht endlich zu, dass du es warst, Holger, der mir von der Ermordung meines Sohnes als ein Gerücht berichtet hat, das von Werner verbreitet wird."

Da packte Holger Jacke und Tasche und verließ den Raum. Seine Wut auf die Versammelten gab er unmissverständlich zu erkennen, als er unüberhörbar die Tür zuknallte.

„Was ist denn mit dem los?", äußerte Norbert, „das ist sein Geständnis, Mathis belogen zu haben. Gilt das auch für die Geschichte mit Rebecca?"

„Wie meinst du das?", fragte Werner, „ob ich mir ausgedacht habe, dass Rebecca und die Kinder noch leben?"

„Holger hat Norbert und mir berichtet, dass du das Gerücht in die Welt gesetzt hast, Rebecca und die Kinder seien am Leben, was eine böse Unterstellung sei, die ihm und Julia schade", erklärte Mathis.

„Sie sind definitiv am Leben. Zufällig habe ich sie vor ein paar Wochen gesehen", antwortete Werner, „weit weg von hier leben Holger und Julia zusammen, seine ehemalige Schülerin, wie er es auf unserem Treffen erzählte. Mit der Lüge, dass sich Rebecca das Leben nahm, hat er seine neue Beziehung rechtfertigen wollen."

„Gibt es sonst noch etwas zu klären?", wollte Norbert wissen, „oder war es das?"

„Günther nahm daran Anstoß, dass Erwin behauptete, sein Restaurant habe *Vier Sterne*, diese aber noch gar nicht hatte", berichtete Mathis, „als Erwin ihn wegen des Kredits anging, den Günther ihm – begeistert über den Erfolg seines Restaurants – im Biergarten zugesagt hatte, zog Günther überraschenderweise zurück, da er die *Vier Sterne* nicht sehe und Erwin die Auszeichnung bei unserem Treffen unzulässig vorwegnahm. Das erzählte mir Christian, der sich mit Günther gestritten hatte. Denn er hatte sich über die von ihm vorgetragene Geldphilosophie geärgert und konnte überhaupt nicht verstehen, dass Günther plötzlich so kleinlich war und nicht begriff, dass Erwin Geld für seine Bewerbung brauchte. Inzwischen ist die Sache aber geklärt. Günther hat nachgegeben und den Kredit gewährt."

Norbert sah in die Runde mit seinem fragenden Blick, ob es noch etwas zu besprechen gebe. Werner meldete sich zu Wort.

„Mich hat eine einstweilige Verfügung erreicht und mit einem Artikel in der Lokalpresse wurde die Arbeit meiner Abteilung verunglimpft", äußerte er „von wem gingen diese Initiativen aus, die mir schaden sollten? Ich erwarte Rehabilitierung und eine Entschuldigung."

„Ich habe damit nichts zu tun", antwortete Mathis, „das wird Holger gewesen sein, als ihm nichts Anderes mehr einfiel als dies."

Norbert schüttelte den Kopf und gab damit zu erkennen, dass er keine Ahnung habe, wie es dazu gekommen sei.

„Du solltest Holger wegen Verleumdung anzeigen", empfahl er Werner, „er ist dafür verantwortlich. An ihn musst du deine Forderung richten. Ruf mich an, wenn du Hilfe brauchst."

„Danke, Norbert! Deine Hilfe greife ich gern auf, wenn sie notwendig wird."

Dann gingen die drei auseinander.

Werner überlegte auf dem Weg, der ihn zu seiner Wohnung brachte, wie er jetzt vorgehe und sich rehabilitiere. Dabei kam er zu dem Ergebnis, sich an Holger zu rächen. Doch zunächst ging es darum, dass er die einstweilige Verfügung zurückzog und die Attacke auf seine Tätigkeit in der Kulturverwaltung aus der Welt schaffte. Dafür kam Werner auf Norberts Hilfsangebot zurück und bat ihn um Unterstützung. Denn er war sich sicher, dass Holger dies auch getan hatte; so war Norbert mit der Sachlage vertraut. Sobald die einstweilige Verfügung Geschichte sei, werde er seinen Racheakt angehen, um Holger zu brechen. Dafür plante er, Rebecca ins Spiel zu bringen und die gemeinsamen Kinder. Wann er dies anging, ließ er noch offen. Es wäre ihm sogar recht, wenn Holger sich wieder auf der sicheren Seite sehe, doch dann einen Schlag erhalte, von dem er sich nicht mehr erholte: Gute Gründe, für Holger den Freund abzugeben, um ihn als Feind umso härter zu treffen. Eine Woche nach dem Treffen in Erwins Restaurant rief er ihn eines Abends an.

„Hallo Holger", sprach er in den Hörer, „wie geht es Dir? Bist du wieder gut zu Hause gelandet?"

„Was verschafft mir die Ehre dieses Anrufs?", gab Holger zurück, „damit habe ich nicht gerechnet – ich bin überrascht."

„Wir haben uns furchtbar missverstanden", setzte Werner an, „ich will ..."

„... offenbar gut Wetter machen", unterbrach Holger ihn, „nachdem mir Norbert gestern geraten hatte, meine einstweilige Verfügung, die ich an dich gerichtet hatte, zurückzuziehen."

„Ach ja", gab sich Werner überrascht; er wusste davon, „das wollte ich gar nicht ansprechen. Doch in der Tat wäre ich dir dafür sehr dankbar."

„Deshalb rufst du mich an", rief Holger in den Hörer, „sei ehrlich, Werner, das ist doch das Einzige, was du wissen willst."

„Das trifft nicht zu, Holger, ich will Missverständnisse mit dir ausräumen; das ist der Grund für meinen Anruf."

„Mir fällt nichts ein, was ein Missverständnis zwischen uns sein könnte. Was du über mich sagst, ist Lüge, aber dir wird geglaubt. Was ich über dich sage, trifft zu, wird aber als Lüge bezeichnet. Da fühle ich mich nicht missverstanden, sondern verstoßen, um nicht zu sagen *verarscht*. Doch für ein Missverständnis halte ich das alles nicht?"

„Offenbar ist es telefonisch zu schwierig, dass wir uns verständigen. Wollen wir uns einmal in aller Ruhe treffen? Obwohl es ein weiter Weg ist, ich fahre zu dir und suche dich auf."

„Hör auf, Werner, mit diesen Spielchen! Das nervt", schrie Holger ins Telefon, „du führst mich an der Nase herum, um dich zu beruhigen. Ich will von dir nichts mehr wissen – das Telefonat ist beendet."

Holger legte auf. Für Werner war klar, dass der Weg der Aussöhnung nicht existierte und er keine Chance vertat, wenn er diesen Gedanken aufgab.

VERÄNDERUNG?

Was Werner, Holger, Erwin und Christian miteinander trieben, waren für Norbert, Mathis und Günther Jungenstreiche oder Hahnenkämpfe, mit denen sie sich beweisen wollten. Sie gehörten nicht nur zu den etwas Jüngeren der Freunde, sondern waren auch in keiner Weise so einflussreich wie Juristen, Ärzte und Banker. Deshalb schien ihnen der Einblick zu fehlen, was in der Gesellschaft abging und wie auf deren Entwicklung Einfluss genommen werden konnte. Dafür war Vernetzung mit anderen Partnern ihrer Professionen von ungleich größerer Bedeutung als private Beziehungen, die ihnen im Wesentlichen als Sprungbrett in die Gesellschaft dienten. Für Liebesbeziehungen bestand dabei nur im Ausnahmefall Gelegenheit.

Günther, Mathis und Norbert stellten für ihre Partnerinnen die Nachfolge von deren Vätern dar, die bisher ihr Auskommen und ihren Wohlstand in bisweilen beachtlichem Umfang gewährleistet hatten. Deshalb musste keine der Frauen den Haushalt bestreiten oder dem Ehegatten in anderer Weise dienen. Sie waren oft auch berufstätig oder sahen sich für die gemeinsamen Kinder verantwortlich, sofern es diese gab. Zudem begleiteten sie ihre Ehegatten bei Einladungen und Veranstaltungen und repräsentierten das Glück des Paares mit der Schönheit ihres Aussehens und ihrer Garderobe. Doch die gewünschte Gegenleistung ging von den Vätern ihrer Gattinnen aus, die ihre Schwiegersöhne gesellschaftlich beförderten, wenn sie dafür den richtigen Beruf oder das notwendige Kapital als Voraussetzungen mitbrachten. Diese Erwartungen wurden von Günther, Mathis und Norbert voll erfüllt. Verheiratet waren Mathis und Norbert, Günther pflegte aus Überzeugung keine Partnerschaften auf Dauer. Mathis hatte den Sohn, der tragisch umgekommen war, und eine deutlich jüngere Tochter.

Norberts Gattin hatte eine Tochter mit in die Ehe gebracht, die bald Abitur machte und von Norbert adoptiert worden war; eigene Kinder hatte er nicht. Günther hatte manchmal Partnerinnen, die Nachwuchs hatten und ihn damit sogar erfreuten; doch eine größere Rolle für seine Beziehung spielten die meistens kleinen Kinder nicht. Doch keiner der drei wollte mit Familie zu tun haben; das war etwas, das mit der Geburt der Kinder für eine Weile im Mittelpunkt stand, aber dann hinter den väterlichen Aufgaben des Gelderwerbs zurückstehen musste. Insofern wurden Kinder bald zu einer Haushaltsposition.

Wie wurden Günther, Mathis und Norbert reich? Beharrlichkeit, Fleiß und viel Geschick, die eigenen Interessen konsequent durchzusetzen, führten zum Erfolg. Günther eroberte sich mit seiner Geldphilosophie und intelligenter Taktik eine hervorragende Position in der Bank; dabei setzte er oft auf risikoreiche und sehr volatile Geschäfte im Investmentbereich. War er erfolgreich, war der Gewinn beachtlich hoch und ließ sich außerdem begründen, auch wenn Günthers Philosophie viel zu weit von jeder Praxis entfernt war, um tatsächlich etwas zu erklären. Doch wer erfolgreich ist, hat dem Anschein nach alles gut und richtig gemacht und kann den Erfolg anderen erklären. Wichtiger sind Erklärungen allerdings für Misserfolge; da werden sie erwartet und auch akzeptiert, sollten sie nicht in jeder Hinsicht passen. Auf dieses Spiel verstand sich Günther blendend und hatte seine oft bodenständigen Mitbewerber schneller ausgeschaltet als gedacht. Aber so war sein Weg in den Vorstand bald von allen Hindernissen frei.

Mathis kooperierte mit Pharmafirmen, um Medikamente in der letzten Prüfungsphase kurz vor ihrer Freigabe zu testen. Das beruhte auf einer privaten Vereinbarung zwischen ihm und den Firmen, die den Regularien ärztlicher Kooperationen widersprach. Dies gelang Mathis für einen langen Zeitraum in seiner Praxis und vor seinen Kollegen zu verbergen. Doch vor einem guten Jahr drohte die Zusammenarbeit mit den Firmen aufzufliegen; denn er hatte ein Präparat getestet, das einer seiner Patienten nicht vertrug und seine Schmerzen massiv verstärkte. Als der Patient dann ankündigte, Mathis wegen falscher Gabe von Präparaten zu verklagen, stellte er die Zusammenarbeit mit den Firmen sofort ein; er hatte mit den Tests genug verdient und wollte dem Risiko entgehen, im Zuge des Prozesses das viele Geld wieder zu verlieren. Das Verfahren wurde nach langen Verhandlungen schließlich eingestellt. Seine Zusammenarbeit mit den Firmen blieb unentdeckt. Mathis kam davon und verbuchte einen hohen Gewinn. Um seine finanzielle Situation mit Erfolg weiterzuentwickeln, fing er an, Spezialbehandlungen anzubieten, die er sich unabhängig von Krankenkassen auf privater Basis honorieren ließ, was sich ebenfalls am Rande der Legalität befand. Hinzu kam, dass die Spezialbehandlungen zeitintensiver waren als reguläre Behandlungen und deshalb Kassenpatienten mit weniger Terminvereinbarungen und langen Wartezeiten konfrontierten. Da Mathis ein beliebter Arzt war, ging ihm kein Patient verloren – im Gegenteil: Die seltener werdende Präsenz steigerte sogar seine Anerkennung, da die Patienten glaubten, dass er sich sehr verantwortlich für Drogenkonsumenten einsetze, wenn er sie warten ließ. Dies war auch der Fall, aber eben nicht das Einzige, was Mathis tat, wenn er nicht erreichbar war.

Mit Aufnahme seiner Anwaltstätigkeit gab sich Norbert als Starverteidiger, der sich um spektakuläre Prozesse riss und diese meistens auch gewann. Nicht dass dies immer ein Freispruch war, doch die Umwandlung von Haft- in Bewährungsstrafen oder die Minderung des Strafmaßes gehörten zu den Erfolgen, die er oftmals für sich verbuchen konnte. Gutachtertätigkeit und Rechtsberatung gehörten zusätzlich in sein Portfolio, was ihm erfreulich viel Geld bescherte. Norbert verstand es, seine Klienten so konsequent zu vertreten, dass sie ihm gern viel anvertrauten und bereit waren, seine beachtlichen Honorare zu bezahlen. Wenig erstaunlich, dass ihn Starallüren befielen, je mehr Erfolge er hatte, die ihn beglückten, wie sie ihn bereicherten.

Schwer zu beantworten war die Frage, wie die drei zu Einfluss kamen und ob ihr Einfluss von gesellschaftlicher Verantwortung getrieben oder von purem Gewinninteresse motiviert war. Ihr Reichtum spielte mit Sicherheit eine Rolle; denn er schien beruflichen Erfolg zu offenbaren, den Günther, Mathis und Norbert mit ihrem Vermögen plausibelisieren konnten. Doch Reichtum allein genügt für wirksamen Einfluss nicht; dazu gehört auch die passende Mischung von Haltung, Expertise, Flexibilität und robuste Präsenz in Netzwerken, wie manche sagen - um es mit einem Wort zu sagen: Persönlichkeit. Diese Kriterien wurden von Günther, Mathis und Norbert offenbar erfüllt, die von daher „Persönlichkeit" und in der Folge „Einfluss" erfolgreich für sich beanspruchten.

Ging ihr Bemühen um Einflussnahme von privater Gewinnabsicht oder von Verantwortung für die Gesellschaft aus? Das war ebenfalls schwierig zu klären. Denn die Drei spielten sich als Alpha-Tiere in den Vordergrund oder agierten dicht am Rand des Erlaubten. Gab das Verantwortung zu erkennen, die sie für die Gesellschaft übernehmen wollten? Aber anders wäre wahrscheinlich nichts passiert, um für die Gesellschaft etwas zu bewegen. Doch um sich zurückzunehmen, um sich allein um der Sache willen einzusetzen und dabei nicht im Mittelpunkt zu stehen, dazu waren Günther, Mathis und Norbert gar nicht in der Lage, dafür fehlte ihnen interessanterweise Selbstvertrauen. Denn es war schon bemerkenswert, wie sehr sie auf Sichtbarkeit ihrer Aktivitäten angewiesen waren und ihren Platz stets in der ersten Reihe sahen – auch dort, wo er ihnen bestimmt nicht zustand.

Doch obwohl Günther, Mathis und Norbert hinsichtlich ihrer Karriere, ihres Vermögens und ihres Einflusses sehr erfolgreich waren, schien ihnen immer wieder etwas zu vermissen. Über einen langen Zeitraum musste es nur immer noch mehr Erfolg und Geld sein, um eine Rolle zu finden, bis dies eines Tages genug und der Erfolg und das Vermögen kaum mehr zu übertreffen waren. Da wachten sie eines Morgens auf und fragten sich, was nun für sie auf der Agenda stand und auf was es als nächstes ankam. Diese Erfahrung machten die drei in gleicher Weise und in derselben Lebensphase. Ging es jetzt darum, einen Neuanfang zu machen und den bisher geführten Ablauf ihres Lebens zu beenden, um einen neuen zu beginnen? Würde nun – so die Ideen – der eine Schafe hüten, der andere Schweine züchten und der dritte einen Wald aufforsten, um einen anderen, neuen Sinn für sich zu finden? Aber was wäre dann anders und tatsächlich neu? Würde es nicht wieder darum gehen, möglichst effizient die selbst gestellten Aufgaben zu verrichten und die neu gesteckten Ziele so erfolgreich wie möglich zu erreichen? Selbst wenn die Bedingungen der neuen Tätigkeiten sich ganz anders darstellten als die bisherigen und die Herausforderungen von jetzt und dann sich deutlich unterschieden, blieben doch Motivation und Ziel ihres Handelns gleich: Stolz auf sich selbst zu sein! Dass ihre Phantasie, sich zu entfalten oder sich weiterzuentwickeln, wie bisher auf ihren Stolz fokussiert war, wo und wie auch immer *Gewinner* zu sein, hatten sie noch nicht verstanden, aber versuchten sie, sich in folgendem Gespräch bei einem Dinner zu erklären.

DINNER FÜR DREI

„Ich hätte gedacht, dass ihr einfallsreicher seid", rief Norbert in die Runde, die mit Günther, Mathis und ihm um einen Tisch herum in einem Landgasthof saß, „habt ihr euch entschieden, euren Lebensmittelpunkt aufs Land zu verlagern?"

Die Drei hatten Christian, Erwin, Holger und Werner, ausdrücklich nicht zu dem Dinner geladen; denn sie wollten die eigenen Herausforderungen, die sie für sich erkannten, allein in den Mittelpunkt ihrer Auseinandersetzung stellen. Die Ergebnisse könnten einen Vorbildcharakter für die vier Anderen haben.

„Ich wollte lieber in einem Landgasthof als in einem Waldrestaurant dinieren, der sich meistens auf Speisen mit Wild beschränkt", gab Günther mit Spott zurück, „mit einem neuen Lebensmittelpunkt hat das nichts zu tun. Du hast dein Forsthaus offenbar schon bezogen. Oder irre ich mich?"

„Was bringt dich auf diese Idee?", fragte Norbert.

„Ich dachte, du wolltest in den Wald ziehen, weil die Luft dort besser als in Gerichtssälen ist", gab Günther zurück.

„Können wir diese Diskussion auf später verschieben?", schaltete sich Mathis ein, „dieser Landgasthof hat ein hervorragendes Angebot an Speisen und Getränken - da kann man nichts falsch machen."

„Ich bin gespannt", sagte Norbert und lehnte sich in seinem Stuhl zurück, „gehört habe ich von diesem Restaurant noch nie."

Günther reichte ihm und Mathis die Speisekarte, so dass sie sich ein schönes Dinner aussuchten. Der Landgasthof war auf einer Anhöhe gelegen, die von einem verglasten Wintergarten, in dem sich die Drei befanden, einen weiten Blick über Felder und Wiesen bot. Der frühlingshafte Märzabend hatte einen wolkenfreien Himmel mit viel Sonnenlicht, so dass die Landschaft gut zu erkennen war. Zu ihren Spargelmenüs mit Suppe, Vorspeise und Dessert bestellten sich die Herren Weißwein und einen Aperitif.

„Seid ihr mit euren Überlegungen zu einem Neustart weitergekommen?", fragte Günther, „ich kann mir vorstellen, aufs Land zu ziehen. Aber als Landwirt tätig zu werden, kommt für mich nicht in Betracht."

„Dir genügt, deinen Lebensmittelpunkt aufs Land zu verlagern. Doch eine berufliche Veränderung möchtest du nicht", kommentierte Mathis Günthers Äußerung.

„Bereit zu Veränderungen bin ich durchaus, aber mir fällt nichts ein, was ich statt meiner Tätigkeit als Banker machen könnte. Ich habe wirklich keine Idee."

„Wie bedauerlich!", sagte Norbert ironisch, „ich habe mich schon auf deine guten Vorschläge gefreut."

„Ich kann mir Landwirtschaft als Alternative zur Hausarztpraxis vorstellen", erklärte Mathis, „Hühner- oder Schweinezucht wahrscheinlich nicht, doch ein Bauernhof mit Kühen, Milch- und Käseproduktion und einem Hofladen könnte für mich in Betracht kommen. Damit würde ich mich in die neue Rolle eines Milchbauern katapultieren und statt Patienten eine Kundschaft haben, die sich an glücklichen Kühen freut."

„Glaubst du, dass der Umgang mit Kunden einfacher ist als der Umgang mit Patienten?", wollte Günther wissen, „im großen Unterschied zu Patienten kannst du Kunden weder einbestellen noch etwas verschreiben. Von Kunden bleibst du abhängig. Ist das bei Patienten nicht umgekehrt?"

„Das mag sein. Doch den Unterschied sehe ich mehr darin, dass ich als Milchbauer meine Kunden für gesunde Ernährung begeistere, während ich als Hausarzt die Heilung kranker Menschen unterstütze. Doch diese fast entgegensetzte Ausrichtung meines Lebens könnte eine Alternative sein, die tatsächlich etwas ganz Neues für mich wäre."

„Warum möchtest du nicht Hirte einer großen Schafherde werden?", fragte Norbert, „dann wärst du nicht mehr sesshaft, was für dich ungewöhnlich wäre."

„Ich brauche einen festen und geschützten Ort. Stets unter freiem Himmel in Wäldern und auf Wiesen mein Leben zu verbringen, kann ich mir nicht vorstellen. Ein Bauernhof knüpft besser an eine Hausarztpraxis."

„Wie sieht es bei dir aus, Norbert?", erkundigte sich Günther, „welche Alternativen wo und wie auch immer kannst du für dein Leben in Betracht ziehen?"

„Als ein Mensch, der für Recht und Ordnung eintritt, fällt es mir schwer, als Schäfer durchs Land zu ziehen. Zudem bin ich in keiner Weise ein Hirte, der seine Herde führen und zusammenhalten kann, sondern jemand, der Menschen im Streit vertritt. Das Unrecht, das einzelne tatsächlich oder dem Anschein nach erfahren, ist mein Feld wie auch die Wiederherstellung verletzter Ordnung. Insofern eigne ich mich auch nicht als Landwirt, der seinen Hof bewirtschaftet und seine Felder bestellt. Ein Rückzug aufs Land, um von dort aus meine anwaltlichen Aufgaben und Verpflichtungen zu erfüllen, wird für mich nicht funktionieren. Denn um Klienten zu vertreten, muss ich mit ihnen persönlich im Austausch stehen. An meine gegenwärtige Tätigkeit könnte ich wahrscheinlich als Förster am besten anknüpfen. Allerdings frage ich mich, ob mir eine Veränderung meines beruflichen Handelns überhaupt gelingt und ich in der Lage bin, ein naturnahes Leben als Förster im Wald zu führen. Doch einmal angenommen, dass ich mich entscheide, künftig als Förster tätig zu werden, würde das auch meine Persönlichkeit verändern? Wird sich deine Persönlichkeit verändern, Mathis, wenn du künftig als Landwirt tätig wirst? Bei diesen Überlegungen komme ich mir vor wie ein

Teenager, der sich von heute auf morgen bemüht, ein neuer Mensch zu sein. Im Unterschied zum Teenager habe ich mich aber schon einmal entschieden und springe nicht mehr von der einen zur anderen Idee. Wenn ich mich nun verändern will, wird die erste Idee nicht gleich die sein, die zu leben ich mich entschließen kann. Die vierte oder fünfte Idee, die möglicherweise passt, braucht ihre Zeit."

„Dass du uns wie Teenager siehst, überrascht mich", äußerte Mathis, „aber ich stimme zu. Eine Neuausrichtung des Lebens birgt Emotionen, die einen Jugend spüren lassen. Das lässt sich auch bei Midlife-Crisis beobachten, die meistens Männer unseres Alters trifft und oft zum Wechsel der Partnerinnen führt. Da werden Emotionen geweckt, die unvermutet neue Kraftschübe oder eben Jugend spüren lassen. Eine neue Partnerin ist für mich kein Thema. Meine Frau würde mir folgen; sie ist sehr verlässlich; das schätze ich an ihr. Dennoch lässt mich die erwachte Jugend von einer Rückentwicklung meiner Reife sprechen. Nach allem, was ich in den letzten dreißig Jahren erfahren und erlebt habe, fange ich erneut bei Null an. Geht euch das auch so?"

„Die Ungewissheit dieser Rückentwicklung hält mich vermutlich von Veränderungen meines Lebens ab", erklärte Norbert, „aber bin ich erwachsener als ihr, wenn ihr wieder Teenager werden solltet?"

„Bist du nicht", warf Günther ein, „denn deine Angst verloren zu gehen, wenn du dich nicht an deinem Leben festhältst, betrachte ich als kindisch. Sieh mir die folgende Frage bitte nach: Bist du schon einmal ungezogen? Oder wohnst du noch immer in deinem Elternhaus?"

„Nun mal langsam, Günther", gab Norbert genervt zurück, „von deiner Bank kommst du nicht weg. Nicht jeder kann mit dem PC seinen Beruf ausüben. Als Banker ist es offensichtlich möglich, hat aber auch schon zu Problemen geführt, wenn ich mich richtig erinnere. Für meinen Beruf taugt das auf keinen Fall."

„Tut mir leid!", entschuldigte sich Günther, „ich habe mich missverständlich ausgedrückt. Weder derjenige, der sich wieder als Teenager fühlt, noch jener, welcher allem Anschein nach in seiner Kindheit bleibt und nicht darüber hinauskommt, kann als erwachsen gelten. Manchmal habe ich den Eindruck, dass Männer maximal die Pubertät überstehen, aber erst ab sechzig erwachsen werden – vorher tut sich nichts oder jedenfalls zu wenig."

„Was du da behauptest, halte ich für falsch", bemerkte Mathis, „Männer, die so viel Erfolg haben wie wir, werden doch nicht erst mit sechzig erwachsen. Das ist kompletter Unsinn. Wenn wir nicht die Diskussion begonnen hätten, ein neues Leben zu beginnen, wären dir solche Gedanken nicht gekommen."

„Ich habe den Eindruck, dass du von dir sprichst, Günther, und das auf uns überträgst", warf Norbert ein, „willst du uns damit sagen, dass Mathis und ich genauso ungeduldig mit sich selbst sind wie du? Dass dem so ist, glaubst du doch nicht."

„Ihr wollt euer Leben nicht ändern", stellte Günther fest, „ihr wollt so weitermachen wie bisher, da euch nicht Besseres einfällt."

„Ich habe euch erklärt, dass ich mir den Betrieb eines Milchbauernhofs vorstellen kann", entgegnete Mathis, „wäre das keine Veränderung, wenn ich mich dazu entschließe?"

„Das hast du gesagt. Aber du wirst dich dazu nicht entschließen", sagte Günther, „ich muss dir zustimmen, Norbert, ich rede von mir und muss gestehen, auf keinen Fall veränderungswilliger zu sein als ihr. Vielleicht bin ich sogar noch konservativer, da ich einen anderen Beruf als den des Bankers nicht in Betracht ziehen kann. Sind Männer so?"

Diese Frage blieb unbeantwortet. Denn die Drei wollten nun ihr Dinner genießen. Während sie miteinander sprachen, waren ihnen Suppe und Vorspeise gereicht worden. Beides schmeckte sehr vielversprechend. Jetzt war der Hauptgang dran und danach Käse und Dessert. Diesen Höhenpunkten des Dinners wollten sie sich in vollem Umfang widmen und sich nicht durch Diskussionen über ein künftig neues Leben davon ablenken zu lassen.

„Das Essen ist ausgezeichnet", äußerte Norbert, „meine voreilige Kritik an eurer Einfallslosigkeit, dieses Lokal für unser Dinner gewählt zu haben, nehme ich, von seiner Qualität nun überzeugt, wieder zurück."

„Wenn uns etwas schmeckt, sind wir uns rasch genug", stellte Günther fest, „das ist doch typisch für Männer."

„Da bin ich mit dir einig", sagte Mathis, „ich wünsche euch guten Appetit."

GENUGTUUNG

Die einstweilige Verfügung, die Werner wegen Verstoß gegen Urheberrechte zugegangen war, wurde von Holger wieder zurückgezogen. Das war nun sechs Wochen her. Damit war der juristische Vorwurf ausgeräumt, doch die öffentliche Verleumdung, die der Presseartikel verursacht hatte, hatte dazu geführt, dass viele Leihgeber ihre Bilder und Skulpturen – offenbar in Panik geraten – zurückforderten, obwohl sie deren Digitalisierung zugestimmt hatten oder diese gar nicht digitalisiert worden waren. Der Wirbel um die Rechte hielt an und war für Werners Abteilung von großem Nachteil, die weiterhin viel Kritik ausgesetzt war. Vor diesem Hintergrund griff Werner seinen Plan, sich an Holger zu rächen, auf, und suchte deshalb den Kontakt mit Rebecca., die er unlängst in einem Supermarkt getroffen und angesprochen hatte, ohne auf Holger einzugehen. Sie hatten ihre Kontaktdaten ausgetauscht, um sich vielleicht einmal zu einem Kaffee am Nachmittag zu verabreden.

Aber bis dahin wartete Werner nicht. In einer Mail schrieb er an Rebecca, dass Holger verbreite, dass sie Selbstmord begangen habe, dem auch die Kinder zum Opfer gefallen seien, da sie die Gerüchte zu seinem Missbrauch einer Schülerin nicht mehr ertragen habe. Mittlerweile lebe er weit entfernt von hier mit dieser Schülerin Julia zusammen, die er als Soziologiestudentin während der Zeit seines Entwicklungshilfeeinsatzes an einer Schule in einer südostasiatischen Kleinstadt wieder getroffen haben will. Vermutlich sollte ihn die Erzählung ihres Selbstmords von den Vorwürfen entlasten, eine Beziehung mit Julia eingegangen zu sein, und wahrscheinlich auch von Unterhaltspflichten befreien, die er außerstande war zu bezahlen. Ob Holger selbst die Explosion der Gasflasche verursacht und das

Wohnmobil zuvor mit Benzin übergossen habe? Mit dieser Frage endete Werners Mail.

Zwei Tage später antwortete ihm Rebecca: *„Hallo Werner, vielen Dank für Deine Mail. Holgers Verhalten gegenüber der Schülerin und die Gerüchte, die dann kursierten, haben mich schwer enttäuscht und zu Depressionen geführt. Wie sollte das weitergehen? Ich wollte mich von ihm trennen. Denn die Nähe zu ihm ließ mich kaum mehr atmen. Ich stimmte dem Urlaub im Wohnmobil zu, da sich damit eine gute Gelegenheit bot, mich mit den Kindern von ihm zu entfernen. Ich buchte einen Flug zu meiner in England lebenden Schwester und ließ Holger eines Tages auf dem Zeltplatz zurück mit der Ausrede, dass ich mit den Kindern, die ein Magen-Darm-Infekt plage, in der nahe gelegenen, kleinen Stadt dringend einen Arzt aufsuchen müsse. Zum Glück bestehe eine gute Busverbindung in die Stadt, so dass ich nicht das Wohnmobil nutzen müsse, um in die Stadt zu fahren. An diesem Tag trat er seine Joggingtour bereits mittags an, kurz bevor ich mich auf den Weg gemacht habe. Der Bus brachte mich und die Kinder in die kleine Stadt; von dort aus fuhren wir mit der Bahn nach Hause, wo der gepackte Koffer für die Reise nach England stand. Spät am Abend ging es zum Flughafen und mit dem Flugzeug nach London, wo wir in einem Hotel übernachteten. Mein Handy hatte ich ausgestellt, um Holgers Versuche mich anzurufen, ins Leere laufen zu lassen. Doch wie ich in London nach Anschalten des Handys feststellte, hatte er es gar nicht versucht. Von meinem vermeintlichen Selbstmord in dem abgefackelten Wohnmobil und dem Tod der Kinder erfuhr ich aus einer deutschen Boulevardzeitung, die mir auf dem Weg zu meiner Schwester ins Auge sprang.*

Mit den Kindern blieb ich ein Dreivierteljahr bei meiner Schwester in England; wir galten als tot, da wir nicht mehr auffindbar waren. Mir wurde dabei unterstellt, die Kinder vorsätzlich mit in meinen Selbstmord genommen zu haben, um mich an Holger zu rächen. Für die Polizei stand der Selbstmord aber nicht fest. Aufgrund fehlender Hinweise war sie nicht in der Lage, dies zu beweisen. Als Alternative zog sie in Betracht, dass ich mich mit den Kindern aus dem Staub gemacht hatte und wir insofern als verschollen galten. Meine Schwester suchte von England aus eine neue Wohnung für mich hier in der Stadt. Auf diese Weise blieb ich weiterhin gut versteckt. Zu meiner Überraschung kam es zu keinerlei Nachfragen, als ich wieder einreiste. Ich trat stets mit meinem Mädchennamen auf und wurde deshalb meistens nicht mit Holger in Zusammenhang gebracht; das war auch schon früher so. Da ich polizeilich weiter gemeldet war und Holger keinerlei Anstalten traf, das zu ändern, konnte ich in der neuen Wohnung mein Leben fortsetzen. Finanziell bin ich sehr knapp; denn Unterhalt zahlt mir Holger nicht. Meine Familie unterstützt mich zum Glück. Mit Holger bin ich bisher nicht in Kontakt getreten; auch juristisch bin ich bisher nicht gegen ihn vorgegangen oder habe ihn wegen unterlassener Unterhaltzahlung angezeigt. Um endlich tätig zu werden, warte ich auf eine gute Gelegenheit. Grüße Rebecca"

„Erinnerst du dich an Holgers Frau Rebecca, von der ich dir erzählt habe, dass sie Selbstmord begangen hat?", fragte Werner Jasmin.

„Über den Selbstmord und den Tod der beiden Kinder hatte Holger auf eurem Meeting berichtet", antwortete Jasmin, „gibt es dazu Neuigkeiten?"

„Ich hatte Zweifel an Holgers Bericht; denn ich habe Rebecca einige Wochen vor dem Meeting mit ihren Kindern gesehen. Holgers Bericht war eine Lüge; das habe ich ihm ein paar Tage nach dem Meeting zu verstehen gegeben. Die einstweilige Verfügung, die mir auf seine Veranlassung zuging, hat er inzwischen wieder zurückgenommen ..."

„Worauf willst du hinaus?", unterbrach ihn Jasmin.

„... jetzt bin ich in Kontakt mit Rebecca, die mich über den tatsächlichen Hergang und ihre gegenwärtige Situation informiert hat."

Werner schickte Jasmin die Mail von Rebecca.

„Ist Holger derjenige, der deine Arbeit in dem Presseartikel scharf kritisiert und dir Verstöße gegen das Urheberrecht unterstellt hat?"

„Ja, das war Holger."

„Was hat das mit Rebecca zu tun?", wollte Jasmin wissen, „willst du ihr helfen?"

„Mit meiner Unterstützung ist sie in der Lage, ihr Recht auf Unterhalt einzufordern", äußerte Werner etwas zögerlich.

„Holger wird das als Rache verstehen", erwiderte Jasmin, „und das ist doch deine Motivation. Oder verstehe ich etwas falsch?"

„Spricht etwas dagegen, Rebecca zu unterstützen?", erwiderte Werner.

„Sie bittet dich nicht um Hilfe; das kann ich ihrer Mail nicht entnehmen. Aber du möchtest eine gute Tat nutzen, um dich an Holger zu rächen. Habe ich recht?"

Dazu sagte Werner nichts, da er sich von ihr ertappt fühlte.

„Holger wird sich wehren, wenn du mit Rebecca gegen ihn vorgehst. Das setzt ihn stark unter Druck. Wenn Rebecca ihn wegen des Unterhalts bisher nicht kontaktiert hat, wird er ihre Initiative sicher auf dich zurückführen. Das ist nicht ungefährlich, mein Lieber. Mach, was du willst, aber pass' auf dich auf!"

Wenig später sah er Rebecca an Christians Arm auf dem Stadtboulevard spazieren gehen; das gab ihm zu denken. Denn hatte sich Werner auf der Gewinnerseits gesehen, als er Holgers Umtriebe aufdeckte und mittels Rebecca Rache an Holger nehmen wollte für dessen Angriffe auf ihn, sah er sich nun auf der Verliererseite, als er zu seiner Überraschung Rebecca mit Christian sah, die offensichtlich ein Paar waren, was seinen Racheplänen in die Quere kam. Denn mit Christian hatte Rebecca ja einen Beistand, der ihr in einer Auseinandersetzung mit Holger um den Unterhalt helfen konnte – doch das wollte sie offenbar nicht. Würde er, Werner, jetzt erneut und im Alleingang in der

Sache auf Holger zugehen, wäre das möglicherweise nicht in Rebeccas Sinne und würde ihr vielleicht sogar sehr schaden. Deshalb entschied er sich, auf seine Rache an Holger zu verzichten, für die ihm Holgers Verhalten gegenüber Rebecca den Anlass gab; das schmerzte ihn. Denn ein anderer Vorwurf von solchem Gewicht stand ihm nicht zur Verfügung und würde er vermutlich auch nicht finden.

Doch Werner wollte wissen, wie es zu der Beziehung zwischen Christian und Rebecca gekommen war. Christian danach zu fragen, traute er sich nicht; denn der hatte bei dem Biergartentreffen nichts über ein Verhältnis zu einer Frau gesagt, sondern seine Beziehung zu Rebecca offenbar verschwiegen. Sollte er sich an Rebecca wenden? Sie hatte ihn in ihrer Mail nicht um Unterstützung in Sachen Unterhalt gebeten. Darauf hatte Jasmin ihn aufmerksam gemacht. Christian als Partner würde Rebecca ja wahrscheinlich unterstützen, wenn es notwendig wäre. Für sehr neugierig würde er von ihr gehalten werden, wenn er sie nun noch fragte, seit wann ihr Liebesverhältnis mit Christian denn bestehe, von dem er überhaupt nichts wisse. Nein, das geht gar nicht, sagte er sich und ließ seine Frage zu Christian auf sich beruhen. Ob Christian sich bei Holger für Rebeccas Forderung nach Unterhalt mit allem Nachdruck einsetzen würde, fragte er sich, und warum Rebecca dieses Thema so entspannt sehe. Möglicherweise, kam Werner in den Sinn, hatten Christian und Holger einen Deal, der eine Auseinandersetzung zu Rebeccas Unterhalt zwischen ihnen ausschloss und vermied. Doch er beschloss, dem nicht nachzugehen, sondern abzuwarten, was sich weiter in dieser Angelegenheit herausstellte.

EIN CLUB

Sind Männer konservativ? Das war Günthers Frage, auf die er bei dem Dinner mit Mathis und Norbert keine Antwort bekam, weil es keiner von ihnen wusste und auch noch nie darüber nachgedacht hatte. Männer wirken oft konservativ; denn sie lassen sich ungern nehmen, was sie sich erkämpft haben und besitzen. Offenbar brauchen Männer Besitztümer, über die Christian, Günther, Mathis und Norbert auf ihren jeweiligen Gebieten längst verfügten und nicht abgeben oder aufgeben wollten. Andernfalls würden sie sich arm und nutzlos fühlen wie Holger, Erwin, aber auch Werner, die noch keine Siege auf ihren Feldern errungen hatten und weiterhin dafür kämpften. Sind Männer zum Kampf bereit, sehen sie ihre Gegner allem Anschein nach in anderen Männern, tatsächlich befindet sich ihre Gegnerschaft aber seltsamerweise bei sich selbst. Denn sie messen sich stets an ihrem Selbstanspruch und tragen zu dessen Erfüllung im Kampf mit anderen Männern bei. Anders lassen sich Männer nicht zufriedenstellen und empfinden sich weder als Gewinner noch können sie stolz auf Siege sein, die sie zur Vermehrung von Besitz oder zur Abwehr von Verlust erringen. Dabei sehen sie sich meistens allein im Mittelpunkt des Geschehens stehen, da es ihnen schwerfällt, Siege, aber auch Niederlagen mit anderen Männern zu teilen.

Vor diesem Hintergrund war es überraschend, dass Günther, Mathis und Norbert bei ihrem Dinner in dem Landgasthof zu dem Ergebnis kamen, einen exklusiven Club für solche zu gründen, denen es im Hinblick auf Lebensphase und Status ähnlich erging wie ihnen; dies war der Versuch eines Projekts, dass sie gemeinsam angehen wollten. Die Clublocation sollten kein Landhaus und keine Stadtvilla, sondern ein Flussschiff, sein, dass die drei gemeinsam erwarben, um die Meetings auf bewegter Grundlage zu veranstalten, die der Fluss, der durch die Stadt führte, bot. Für die Verteilung der Aufgaben erklärten sich Mathis als Manager, Günther als Prokurist und Norbert als Rechtsbeistand bereit. Für Lunch und Dinner sollte Erwin, für Vorträge Christian, für Veranstaltungen Werner und Holger für sportliche Aktivitäten angefragt werden. Auf diese Weise gaben die drei den Freunden eine gemeinsame Aufgabe, die sie zusammenführte, aber auch Herausforderungen barg. Alle Freunde waren gehalten, für den Club zu werben und sich dabei an die Vorgabe der gemeinsamen Lebensphase und eines ähnlichen Status zu halten; letzteres war schwer. Ehefrauen und Lebensgefährtinnen sollten nur einmal im Vierteljahr an einem eigens dafür bestimmten Meeting teilnehmen dürfen. Denn der Club sollte zunächst ein Projekt von Männern sein. Nachdem sich alle Freunde bereit erklärt hatten, die ihnen zugedachten Aufgaben zu übernehmen und ein außer Betrieb gesetztes Flussschiff erworben und zu einer Clublocation hergerichtet werden konnte, waren die Voraussetzungen für die Cluberöffnung nach einem guten halben Jahr gegeben. Währenddessen konnten rund dreißig Mitglieder gewonnen werden, die an der Eröffnungsveranstaltung des Clubs teilnahmen, die an einem Wochenende Ende Oktober stattfand.

Alle Teilnehmer bekamen zu Beginn der Veranstaltung ein Glas Sekt, ein Bier oder Orangensaft und versammelten sich auf dem freien Oberdeck des Schiffes, das mit Blumen und bunten Girlanden geschmückt war. Als alle angemeldeten Teilnehmer an Bord waren, legte das Schiff ab und bewegte sich in der Mitte des Flusses in Richtung Sonnenuntergang. Mit ihrem Glas in der Hand und begleitet vom Swing einer Jazzkapelle standen die Herren in dunklen und hellen Anzügen und teilweise mit farbigen Krawatten auf dem Oberdeck zusammen, stellten sich gegenseitig vor oder unterhielten sich, um sich näher kennenzulernen. Die Stimmung auf dem leicht schaukelnden Boot konnte nicht besser sein. Nach einer guten halben Stunde machte die Musik eine Pause. Mathis ergriff das Wort, um die Mitglieder zu begrüßen und den Vorstand des Clubs vorzustellen. Dann begann er seine Ansprache zur Eröffnung:

Verehrte Mitglieder, liebe Freunde,

heute eröffnen wir unseren neuen Club, der im Unterschied zu allen Clubs in der Stadt seine Location auf einem Schiff hat. Auf diesem Schiff heiße ich alle, die an dieser Veranstaltung teilnehmen, herzlich willkommen. Für das Schiff müssen wir noch einen Namen finden, der auch dem Club noch fehlt; Bei der Namensgebung des Clubs wollen wir uns gemeinsam entscheiden. Doch zuerst möchte ich etwas zu den Zielen des Clubs erklären und welche Motive Günther, Norbert und mich veranlasst haben, diesen Club zu gründen.
Wir sind Männer, die wie ihr sehr erfolgreich sind und viel erreicht haben – bisweilen kaum mehr zu toppen. Eines Tages fragten wir uns, wie es wohl mit uns weitergehen würde und ob wir in der Lage wären, unser Leben nochmals komplett zu ändern und uns vollkommen neu zu entwickeln. Doch dazu sahen wir uns nach einiger Diskussion nicht in der Lage. So beweglich waren wir nicht, uns gänzlich neue Ziele zu setzen, die nicht oder nur eingeschränkt an unser bisher geführtes Leben anknüpften. Wahrscheinlich kennt auch ihr das Gefühl immer allein und für sich zu stehen, aber durchaus froh, dass man es so weit gebracht hat. Das jetzt plötzlich aufzugeben, um ein vollkommen anderes Leben aufzunehmen – warum? Aber etwas anders machen als bisher, das wollten wir wie ihr. Da wir uns oft allein auf uns gestellt sehen und dies im Wettbewerb um den ersten Platz in unserer Branche auch tatsächlich sind, haben wir beschlossen, eine Gemeinschaft ins Leben zu rufen, in der wir uns miteinander verbunden und in Freundschaft aufgehoben fühlen. Das ist eher ungewohnt in unseren Positionen, aber hoffentlich beglückend und in ganz anderer Weise bereichernd, als wir es gewöhnt sind. Mit dem Club streben wir

eine Gemeinschaft von Freunden an, deren Zusammenkünfte Geschäftsinteressen nicht in den Mittelpunkt stellen und die zu gegenseitiger Hilfeleistung bereit und in der Lage sind. Die Clubgemeinschaft ist ein Gegengewicht zum Tagesgeschäft und hat auf diesem Schiff ihr bewegtes Zuhause. Ich sehe und spüre, das gefällt euch.

Ihr werdet fragen, wo im Club die Frauen bleiben. Escort haben wir hier nicht, um das gleich klarzustellen. Es geht um eure Ehefrauen oder Lebensgefährtinnen, die zum Eröffnungsmeeting heute nicht eingeladen wurden und bis auf weiteres auch nicht eingeladen werden. Warum? Günther, Norbert und ich dachten, dass es sich empfiehlt, dass zunächst wir Männer zusammenfinden und dies das primäre Ziel unseres Clubs ist. Zu einem späteren Zeitpunkt werden wir vierteljährlich ein Meeting vorsehen, an dem eure Frauen teilnehmen können, wenn ihr das möchtet. Wenn gegen dieses Vorgehen Einwände bestehen, danke ich für Hinweise. Auf unseren Meetings werden wir Vorträge oder andere Veranstaltungen haben. Das Programm der nächsten Meetings wird euch bald erreichen. Viel Freude wünsche ich euch für heute Abend und einen guten Start für unseren Club."

Rauschenden Beifall erhielt Mathis für seine Ansprache. Wenig später wurden die Clubmitglieder an die Tafel für das Dinner gebeten und ließen sich mit Erwins viergängigem Menü verwöhnen. Mit der vorgeschlagenen Regelung zur Teilnahme ihrer Partnerinnen waren alle einverstanden. Kam es zu Streit zwischen Holger und Werner? Das wäre keine Überraschung gewesen. Aber die gute Stimmung auf dem Boot ließ es nicht zu Konflikten zwischen den beiden kommen, die sich allerdings aus dem Weg gingen.

ABSCHIED

Die Meetings des neuen Clubs waren gut besucht und für die Teilnehmer offensichtlich ein riesiger Genuss. Als Name für den Club entschieden sich die Mitglieder für *Skipper*. Das Boot nannten die Eigentümer *Icebraker*, was viel Eindruck machte und bestens ankam; denn genau das sollte auf dem Boot ja stattfinden. Woche für Woche trafen sich die Clubmitglieder zum Dinner dort und erlebten einen Vortrag oder etwas Anderes, was sie begeisterte. Die Zahl der Mitglieder ging inzwischen auf fünfzig zu.

Das erste Meeting mit den Partnerinnen rückte näher und alle waren gespannt, was der Wissenschaftler und Professor für historische Genderforschung dort vortragen werde. Werner hatte diese Idee und den Kontakt zu dem Experten hergestellt. Zu seiner Überraschung erreichte ihn drei Wochen vor dieser Premiere erneut per Mail eine Mitteilung von Rebecca: Er möge sich nicht wundern, wenn er Christian auf dem Meeting treffe, ohne dass sie ihn begleite; er sei schon länger ihr Lebensgefährte, trete öffentlich als solcher aber nur äußerst selten auf. Hintergrund dafür sei, dass Christian vor ein paar Jahren vorgeworfen wurde, Julia, Holgers Freundin, als Studentin Gewalt angetan zu haben. Der Vorgang habe nicht bewiesen werden können, hänge ihm jedoch noch an. Wenn sie, Rebecca, bei den Freunden und im Club wieder *auferstehen* würde, wäre das Anlass für Julia und Holger, das Verfahren gegen Christian wegen des Vorwurfs der Vergewaltigung wiederaufzunehmen. Dieses bedrohliche Szenario sei auch der Grund, warum sie gegenüber Holger auf ihre Unterhaltsforderungen verzichte, zumal Christian dies kompensieren könne. Es sei keine Frage, dass alle Vorgänge rund um Julia unterhalb des Radars von Anspruch und

Recht erfolgten. Mathis und Norbert wüssten davon. Doch für sie, Rebecca, würde es keinen Sinn machen und wäre sogar gefährlich, dagegen vorzugehen – denn da sei sie von Anfang an verloren. Da ihr weder an den Freunden noch an dem Clubmeeting liege, halte sie die Füße still und bitte ihn deshalb, es ihr gleichzutun und sich der Angelegenheit nicht weiter anzunehmen.

Werner schockierte diese Mitteilung und war mit einem Mal komplett verschwunden – eine Woche vor dem Meeting mit den Partnerinnen. Er war nicht auffindbar für Mathis, der von ihm die Kontaktdaten des Professors brauchte, um die Ankunft auf *Icebreaker* und seinen Vortrag mit ihm abzustimmen. Als Mathis im Internet vergeblich Telefonnummern suchte, ging bei ihm eine Mail ein, der ein Brief von Werner anhing. Rasch öffnete er den Anhang.

Hallo Mathis,

von unseren Jobs haben sich meine Frau Jasmin und ich kurzfristig für ein halbes Jahr beurlauben lassen; wir sind nun Schäfer mit einer Herde weit weg von der Stadt. Die Freiheit, die wir genießen, ist uns neu, die Wege, die wir zurücklegen, halten uns auf dem Laufenden, was auf dem Land geschieht, die Schafe, die wir hüten, halten uns in Bewegung. Unser Leben lernen wir als Schäfer von einer anderen Seite kennen als bisher: Authentisch, erlebnisreich und stets direkt. Ansehen und Geld spielen keine Rolle und zählen nicht. Wir müssen uns und anderen nichts beweisen, um überall als Erste und Beste immer ganz vorn zu stehen. Vielmehr leben wir gemeinsam mit der Natur und den uns anvertrauten Schafen. Da helfen uns weder Kampf noch Wettbewerb, weder Siege unsererseits noch Niederlagen anderer, weder Schaulaufen noch Selbstgefälligkeit. Wir beide strebten bisher allein nach unserem Vorteil und haben uns damit viel mehr eingeschränkt als wir im Vertrauen auf unsere Karrieren glaubten.

Möglichst weit oben zu stehen, möglichst viel Einfluss zu haben, möglichst viel Geld zu verdienen, aber nicht an den Preis zu denken, den wir dafür bezahlen, das hat uns eingeengt, um nicht zu sagen, eingesperrt und uns von vielem ferngehalten, was das Leben ausmacht. Da hilft auch kein Männerclub, der seine Meetings auf einem Flussdampfer veranstaltet. Damit ist Schluss für uns – aus und vorbei! Eine Idylle ist unser Leben als Schäfer jedoch nicht – bisweilen ist es sehr beschwerlich und durchaus hart: Kalte Nächte, nasse Füße und Klamotten, die Mahlzeiten sind meistens schmal, die Dusche und die Waschmaschine fehlen. Schließlich ist der Verdienst für diese Tätigkeit äußerst überschaubar. Doch das fordert uns. Werden wir erfrischt, erholt und tief entspannt wieder dorthin zurückkehren, wo wie hergekommen sind? Werden wir Schäfer bleiben? Oder finden wir etwas auf den Wegen, die wir jetzt begehen, was uns hält? Konkrete Pläne haben wir noch nicht, aber genügend Zeit, um uns umzusehen und zu entscheiden. Ob Du und ich uns wiedersehen, weiß ich noch nicht. Den ,Skippern' werde ich von nun an fernbleiben. Denn ,Icebreaking' kann mit einem wöchentlichen Dinner einschließlich Programm auf keinen Fall zu dem Erfolg führen, den dieses Angebot verspricht. Das ist genauso Illusion wie vieles andere in einem Leben, das stark an Geld und Einfluss klebt, deshalb verarmt und sich belügt und selbst mit großem Reichtum niemanden beglückt. Ich erwarte mehr von meinem Leben. Werner